Kaddour El Karrouch

Der lügende Hund

EDITION VERTRAUTER UMGANG

BAND I

KADDOUR EL KARROUCH

Der lügende Hund

GESCHICHTEN
EINES NORDAFRIKANERS
IN DEUTSCHLAND

SPOHR VERLAG

Bibliograhische Information Der Deutschen Bibliothek
Die Deutsche Bibliothek
verzeichnet diese Publikation
in der Deutschen Nationalbibliographie;
detaillierte bibliographische Daten sind
im Internet über *http//dnb.ddb.de* abrufbar.
ISBN 3-927606-29-4

Covergestaltung unter Verwendung eines Photos von
Dr. Walter Ph. Schulz, *Welt des Islam*, 1917.

2003
ISBN 3-927606-29-4

Covergestaltung: Salīm Spohr.
Druck: Krips B.V.
Printed in the EU.

بسم الله الرحمن الرحيم

Vorwort des Verlages

WER vor dem Hintergrund altbekannter Fragen von Fremdenfeindlichkeit und Rassismus auf der Welt und unter dem nachhaltigen Eindruck bestürzender Ereignisse des 11. Septembers seinen Blick aus Angst vor dem zu Sehenden vielleicht abwenden möchte, dem sei geraten, es doch einmal mit dem Gegenteil zu versuchen und genauer hinzusehen. Denn ungeahnte Dinge voller Schönheit könnten ihn dann überraschen.

Da mühen sich offizielle Verteter der Muslime, der Christen und der Juden in Verbindung mit solchen anderer Teile der Gesellschaft und des Staates um eine Haltung der *Toleranz* dem jeweils Fremden gegenüber. Und eine in den Sälen maßvoll bis trotzig beklatschte Propaganda läßt vergessen, wie mickrig solche Duldsamkeit indes doch ist, wird sie geschärften Blicks an dem gemessen, was möglich ist: und gut und wahr und schön.

Daß der Fremde nicht bloß *geduldet*, sondern als besondere Erquickung genossen zu werden verdient, der vertraute Umgang mit ihm als Köstlichkeit besonderer Art zu den schönsten Dingen zählte, die dem Bewohner dieses Planeten vergönnt sein möchten, dies ist eine Einsicht, zu deren Gewinnung wir schon eines ausgewachsenen Engels zu bedürfen scheinen.

So wird vom Gesandten Allahs – möge Allah ihn segnen und ihm Frieden schenken – berichtet, daß er sagte: *„Drei Dinge sind mir lieb von dieser, eurer Welt: Die Wohlgerüche und die Frauen; und den Trost meiner Augen finde ich im Gebet!“* Und seine Gefährten, die bei ihm saßen, Abu Bakr as-Siddiq, Umar, Uthman, Ali – möge Allah der Erhabene mit ihnen zufrieden sein – zählten ebenso, einer nach dem anderen, die drei Dinge auf, die ihnen lieb wären von dieser Welt. Da erschien unter ihnen Dschibra'il –

Friede sei über ihm – und sprach: „Allah der Segensreiche und Erhabene hat mich gesandt, als Er eure Worte vernahm, und Er befiehlt dir, mich zu fragen, was mir lieb wäre von dieser Welt, wenn ich einer ihrer Bewohner wäre!“ Da fragte er ihn: „Was wäre dir lieb, wenn du einer der Bewohner dieser Welt wärest?“ Und er antwortete: „Die Irregehenden rechtzuleiten, *der vertraute Umgang mit Fremden, die Gott gehorsam sind*, und kinderreichen Familien in Bedrängnis beizustehen!“ *

Dessen eingedenk, daß Gabriel, auf dem der Friede sei, den „vertrauten Umgang mit Fremden, die Gott gehorsam sind“, unter die ihm liebsten Dinge zählte, so er unsere Welt bewohnte, stellen wir die hiermit eröffnete Buchreihe unter den Titel einer *Edition Vertrauten Umgangs*. Und wir bitten unseren Herrn um Schutz und Segen. Vertrauter Umgang mit Fremden verdiente es, jene offiziell so hochgelobte *Toleranz* zu ersetzen, der als Ausdruck herben Mangels in bloßer Abwesenheit von Schmerz doch jedes Positive, jede Spur von Liebe und alles Schöne fehlt.

Kaddour El Karrouch, der aus dem Maghreb stammt, verspricht, uns bei der Lektüre einer hinreißend erzählten Geschichte seines von zwei Welten befruchteten Lebens jenes vom Engel so geschätzten Glücks teilhaftig werden zu lassen. Wir freuen uns, mit seinem Buch die neue Reihe zu eröffnen. Und wir danken Scheich Aḥmad Bashīr aus Bonn, der uns auf ihn aufmerksam gemacht hat.

Kandern im *Muḥarram*
des Jahres 1424 / März 2003 — Salīm Spohr

* Aus den *Munabbihat* („Hinweisen zur Erweckung“) des Schihabud-din Ibn Hajar al-Asqalani (gest. 852 n. d. Hidschra), des wohl berühmtesten Hadith-Gelehrten seiner Zeit, Verfasser des bekannten Kommentars *Fath ul-Bari* zur *Sahih*-Hadith-Sammlung des Imam al-Bukhari.

Bemerkung des Autors

WOHER SOLLTE MAN in den 70er Jahren wissen, daß sich der Arbeitsuchende aus Nordafrika hier so lange aufhalten, später in Deutschland Gebetsräume eröffnen und am Opferfest tausend Lämmer nach islamischen Regeln schlachten würde? Woher?

Die freundlichen Deutschen nannten uns damals höflicherweise „Gastarbeiter", von denen man annahm, daß sie sich wegen des Geldverdienstes für eine absehbare Zeit hier aufhalten und irgendwann wieder von ganz allein wegziehen würden. Über die Gastfreundschaft würden sie dann viel „Gold und Honig" erzählen. Erst als diese Erwartung eine andere Wendung genommen hatte, entschied man sich hier für eine passendere Höflichkeitsform: für den „ausländischen Arbeitnehmer", da eine Rückkehr in das Heimatland unwahrscheinlich wurde. Und wenn man heute noch einmal hinhört, erklingt der noch lockerere Begriff: „ausländischer Mitbürger". Diesem jedoch liegen zwei Gegenteile zu Grunde, nach denen ich eingeordnet werde: „Ausländischer", der erste Teil, bin ich, ein Marokkaner. Und der zweite Teil, „Mitbürger", bin ich mit meinem Leben in Deutschland. So kommt es, daß sich in mir inzwischen zwei ganz unterschiedliche Personen verbergen, die miteinander noch lange zu verhandeln haben. Je mehr ich zur Seite des einen rücke, desto größer wird der Abstand zum anderen. Und was den Verhandlungen zwischen mir und mir zu Grunde liegt, betrifft die Themen Integration, Anpassung, strenger Glaube, Ausländerhaß, Jugendkriminalität und marokkanische Schulkinder in Deutschland.

Das ist mein Anliegen, aus diesem Grund möchte ich als „ausländischer Mitbürger" versuchen, eine zweiteilige Geschichte über meine Person mit meinen Deutschkenntnissen zusammenzufassen. Im ersten Teil möchte ich allen Leserinnen und Lesern die Jahre bis zu meinem 21. Lebensjahr in der Nähe von Nador in Nordmarokko in meiner berberischen kinderreichen Familie vorstellen. Natürlich gibt es andere Marokkaner, die ähnlich wie Europäer erzogen wurden; diese will ich nicht in meine Geschichte mit einschließen. Der zweite Teil ist dem Leben „24 Jahre im zivilisierten Deutschland“ gewidmet. Dabei hoffe ich, dem/der verehrte(n) Leser(in) etwas Originelles vorzustellen. Ich wünsche ihnen eine angenehme Zeit mit meiner Geschichte vom berberischen Hudscha, Korangelehrten, aus dem eines Tages in einem fremden Land, wo alles anders ist, ein Straßenbauarbeiter wurde.

Die folgende Geschichte habe ich mit meinen Möglichkeiten und Kenntnissen der deutschen Sprache geschrieben. Um bestimmte Zeiträume oder Strecken näherzubringen, erlaube ich mir, von Stunden, Minuten, Kilometern oder Metern zu sprechen. Alle Namen sind erfunden. Mit „ich“ meine ich meistens mich selbst, in wenigen Ausnahmefällen nur den Marokkaner. Über eine Reaktion der Leserschaft würde ich mich freuen.

Monheim im *Muḥarram*
des Jahres 1424 / März 2003 — Kaddour El Karrouch

INHALT

Erster Teil
Marokko

Zweiter Teil
Deutschland

Erster Teil
Marokko

Für mein Kommen mußte eine Ziege gehen

ÜBER MEINE GEBURT, die wahrscheinlich im Jahre 1952 stattfand, hatten sich meine relativ armen Eltern wohl nicht im Übermaße gefreut, war ich doch zu den bereits vorhandenen acht Kindern als das neunte Kind von derselben Mutter hinzugekommen. Es geschah in einem abgelegenen Ort, circa zwanzig Kilometer von Nador entfernt. Der Ort liegt an einem Berg, und es gibt dort mehr Felsen als freie Erdflächen. Von dort aus kann man das Mittelmeer gut beobachten, das sich zu einer bogenförmigen riesigen Mauer erhebt, die den Himmel berührt.

An klaren Tagen kann man kurz nach dem Sonnenuntergang die Gebirge Spaniens erkennen. Mein Vater hat nach islamischer Regel am siebten Tag nach meiner Geburt eine Ziege geschlachtet. Für mein Kommen mußte eine Ziege gehen. Er war Bauer, meine Mutter seine rechte Hand.

In unserem Haus lebten drei Familien: mein kinderreicher Vater und seine zwei ebenso kinderreichen Cousins, die den Hof mit ihm noch teilten. Unser Anteil an diesem Haus besteht aus drei Räumen, die allen Zwecken dienen, und hat einen ummauerten Hof von rund hundert Quadratmetern. Das vordere Zimmer, das man durch eine 170 mal 90 Zentimeter große undichte Tür betritt, ist 2,30 Meter breit, elf Meter lang und 2,60 Meter hoch. Die undichte Eingangstür besteht aus Holzbrettern unterschiedlicher Größe, die wir aus Warenkisten entnommen und auf einen dünnen Balken genagelt hatten, der, in einem oberen und unteren Mauerloch steckend, die Achse bildete und die Tür drehte. Zwei gerade Baumzweige unmittelbar davor wurden ebenfalls an der Mauer befestigt und dienten als Anschlagrahmen. Man kann die Tür verschließen. Von innen steckt direkt hinter der aufzuklappenden Tür eine unbeschädigte Hülse mit einem passenden fünfzig Zentimeter langen Holzriegel. Am dunklen Ende des Raumes hat mein kräftiger Vater Säcke voll mit Getreide, Vorrat gestapelt. Im selben Zimmer sitzt eine Henne, die auf ihre sechzehn schönen schwarzweiß gestreiften Küken wartet. Ein Wanderkohleofen aus Ton ist da; er darf nicht fehlen. Er heizt alle Räume im Haus, auf ihm wird gekocht. Hier in dem relativ hellen Zimmer hat die Handmühle ihren festen Platz auf dem Boden in der einen Ecke.

Im letzten Drittel der Nacht kräht der Hahn einmal, nach einer bestimmten Zeit dann zweimal. Kurz vor der Morgendämmerung kräht er noch mehrere Male – immer zur selben Zeit im selben Rhythmus.

Das Mahlen der Gerste gehört in das letzte Drittel der Nacht. Beim zweiten Hahnenschrei – der auch *Adhan*, Gebetsruf, heißt, was nicht nur für Hähnekrähen steht, sondern auch die Erlaubnis bedeutet, aufzustehen, um das Morgengebet zu verrichten –, muß meine Mutter aufstehen, während alle Kinder noch schlafen, sich reinigen und dann einen Kübel Gerste mahlen. Diese harte Aufgabe gehört den Frauen allein.

Dem vorderen Zimmer schließt sich das Hauptzimmer an. Beide sind durch eine Tür in der Mitte miteinander verbunden. Am unteren Ende des Hauptzimmers kann man noch eine dunklere Bude betreten, die aus Ton und Holz gebaut worden ist. Darin liegen zwei flache, handbreit große Steine auf der feuchten Erde: unsere Waschanstalt. Ein ebenerdiges Loch, das aus der Bude herausführt, dient als Badewasserabfluß. Damit die nach Nässe suchenden Kröten nicht von außen durch das Loch in die Waschanstalt hereinkommen können, muß man das Loch direkt nach dem Waschen mit einem dafür bereitliegenden Stein verstopfen. Die Eltern benutzen die Waschanstalt täglich für ihre Ritual-Waschungen, wobei sie mit dem Wasser sehr sparsam umgehen müssen. Für alle Waschzwecke ist ein Stück Seife da, für die Haut, Haare, Wäsche und für das Geschirr. Das niedrige Dachgeschoß der Bude dient als Abstellraum. An der Decke des dunklen Hauptzimmers befindet sich eine Öffnung, die an den Krater eines Vulkans erinnert. Sie sorgt für Helligkeit im Hauptzimmer. Eine Tonpfanne wird zum Öffnen und Schließen mit einem Stock von innen hin- und hergeschoben. Am anderen Ende des Zimmers steckt quer von Wand zu Wand ein gerader, stabiler Agavenstengel, im Durchschnitt circa fünfzehn Zentimeter dick, der unsere Kleider und (Bett)-Wäsche tagsüber trägt. Nachts wird alles heruntergeholt. Alle inneren Wände der aus Erde und harten Steinen gebauten Mauer müssen ausgebessert und danach mit weißer Erde verputzt und gestrichen werden. An der Mauer sind viele starke Holzhaken befestigt, damit Sachen wie Mehlvorräte, Butter, Bohnen, Webwerkzeug und anderes nicht auf dem Boden lagern müssen. Es gab auch noch einen starken Haken in der Mauer am Ende des Raumes, der half, die Geburt eines Kindes zu erleichtern. Da wir kein Frauenkrankenhaus mit einer Entbindungsstation hatten, fanden die Entbindungen zu Hause statt.

Dann gab es noch das Zimmer der Oma, die noch am Leben war: etwa zehn Quadratmeter, die meine beiden älteren Brüder mit der Oma zum Schlafen teilen durften.

Die Küche ist nicht so, sondern total anders. Brot, Couscous und Nudeln werden draußen in einer Hütte gebacken, die zu diesem Zweck aus Ton und Holz gebaut worden ist. Der Kamin in dieser Hütte ist eine leere Fünf-Kilogramm-Olivendose, die an beiden Seiten geöffnet wurde. In der rußgeschwärzten Backstelle sieht man drei schwarze Steine in der Größe von Melonen, die so gelegt sind, daß sie ein Dreieck bilden. Darauf steht eine Tonpfanne, die übrigens auf berberisch auch „Pfann" heißt. Oh, ich konnte damals aus großer Entfernung schon das Aroma des frisch gebackenen Gerstenbrotes riechen. Ein Laib Brot wird gebacken! Wie wunderbar duftete es. Hunger und reine Luft ließen mich alle Gerichte erraten. Oft bin ich in die Küche gegangen und habe meine glückliche Mutter vor der Tonpfanne auf einem Bund Heu sitzen sehen, einen verrußten Ast in der Hand, um damit die noch glühende Asche hin und wieder zu rühren. Ihre Kleidung war ziemlich verräuchert, aber das war gar nichts Ungewöhnliches. Die Hütte hatte keine Tür, und man mußte sie auch nicht abschließen. Außerdem, wenn es im Winter kalt wurde, haben unsere beiden Schäferhunde in der Hütte auf Heu geschlafen. Auf unserem Hof, innerhalb der Mauer aus Steinen und Ton, lebten der Esel, unser Maultier, die Kuh mit ihrem Kalb, zwei Schäferhunde, dreißig Schafe und fünfzehn Hühner mit den Hähnen.

Wie wird man da mit der Sauberkeit fertig?

Auch die Beduinen marokkanischer Herkunft behaupten, sie seien sauber, weil sie Moslems sind. Wie kann es stimmen, wenn sie weder Shampoon noch Zahnpasta oder Toilettenkabinen kennen?

Wenn ich von einem „Haus" erzähle, dann meine ich damit die Wohnstatt, in der die große Familie, vom Urgroßvater bis zum Enkelkind der männlichen Kette, lebt und jedem von ihnen Schutz und Geborgenheit gewährt. Ein so verstandenes Haus kann aus mehreren Räumen und einem großen Innenhof bestehen. Jedes dieser Häuser steht in durchschnittlich dreihundert Metern Abstand vom nächsten Haus. Unser Haus stand auf einer freien Fläche von ein paar Hektar Land, die zur Hälfte für den Ackerbau nutzbar war. Die restliche freie Fläche ist felsig, steinig. Die Urgroßväter haben dort Kakteen und Agaven angepflanzt, die sich über Generationen hinweg selbständig fortgepflanzt haben. Auch Dornensträucher finden dort ihr Zuhause. Hier und da sind sie zu kleinen Dschungeln zusammengewachsen. Diese gesamte unebene Fläche mit einer Steigerung von vielleicht dreizehn Prozent gehört einer einzigen großen Familie. Wir kennen hier keine Mietwohnungen.

In diesen Häusern gibt es keine Toiletten. Als Moslem lernt man, wie man sein „Geschäft" unter freiem Himmel erledigen soll. Wir folgen dabei den Regeln der islamischen Rechtsschule der Malikiten: Die Steine, die für die anschließende Säuberung benötigt werden, muß man unbedingt vorher besorgen, und man sollte nur dort das „Geschäft" erledigen, wo die anderen weder etwas vom Fall sehen, hören noch riechen können. Auch dort, wo man allein ist, darf man sich nur dem Bedarf entsprechend dafür freimachen. Während des „Geschäftes" ist es nicht erlaubt, hin und her zu schauen. Beim Wasserlassen darf man weder die Richtung zur Kaaba, der Gebetsrichtung, einnehmen noch mit dem Gesicht der Sonne oder dem Mond entgegenstehen. Letzte Tropfen dürfen nicht in das Kleid dringen. Die meisten religiösen Männer, die sich einen noch weiter entfernten Platz als die Frauen aussuchen, nehmen etwas Wasser mit, um nach dem *Istidschmar* (Abputzen mit Steinen) die Schmutzspuren abzuwaschen und sich dann für die kommenden Gebete rituell zu waschen.

Jeder Marokkaner unterscheidet zwischen „Schmutz" und „Dreck". Für ihn gehören zum Schmutz: Urin, Stuhl, Samen, Blut usw. Beim Gebet darf davon weder etwas auf dem Kleid noch dem Leib oder dem Gebetsplatz sein. Zum Dreck gehören zum Beispiel Staub, Schlamm, Fett, Ruß, Mist von Kühen und Schafen und ähnliches. Auch das sollte man vor dem Gebet abwaschen, muß es aber nicht. Nach jedem Geschlechtsverkehr muß sich jeder Marokkaner waschen, aber danach vielleicht auch wieder in dieselbe Kleidung schlüpfen. Die heiße Sonne, die vielen Mistkäfer, der starke Regen, die zahlreichen kleinen Dschungel und die vielen Felsen sorgen dafür, daß für die wenigen verstreuten Menschen immer wieder neue Austrittsmöglichkeiten geschaffen werden. Beduinen vermissen die Toilette gar nicht. Ältere Menschen, die ihrem Bedürfnis immer dort draußen nachkamen, freuen sich darüber, keine Toilette in der Wohnung zu haben. Einer meiner Verwandten nahm seinen 75jährigen Vater aus dem Dorf mit in die neu gekaufte Wohnung in der Stadt Nador. Nur schwer konnte der alte Mann mit der Toilette in der Wohnung zurechtkommen. Draußen auf dem Dorf war doch alles diskreter. Kein Mensch wußte wann, wo oder wie oft man seinen „Geschäften“ nachging. Aber hier in der Wohnung, da bekamen alle alles mit, sie hörten es, und vielleicht konnten sie es auch riechen. Und man mußte warten, weil vielleicht gerade ein anderer dringend sein „Geschäft“ machen mußte. Als ich einmal in einem Krankenhaus lag, sollte ich mein Wasser liegend in eine Flasche ablassen. Das war mir nahezu unmöglich, weil die dazu erforderliche Körperhaltung mir völlig ungewohnt war. Für einige von uns waren am Anfang auch diese hoch gebauten Toilettenstühle unbequem, weil sie es dreißig Jahre lang anders geübt hatten. Das merken wir immer wieder daran, daß der Benutzer, anstatt sich zu setzen, sich mit den Füßen darauf gehockt hat.

Wozu Tiere?

An jedem Mittwoch der Woche trug unser Maultier meinen Vater zum Wochenmarkt, von dem ich später berichten werde. Er liegt etwa sieben Kilometer von unserem Haus entfernt. Täglich holte das Maultier etwa sechzig Liter Wasser in zwei Tongefäßen von der fünf Kilometer entfernten Quelle, aus der es auch selbst trank. Unser Maultier hatte noch andere Aufgaben, die es gemeinsam mit unserem Esel verrichtete: Getreide dreschen, säen auf dem Acker, Tiermist auf die Felder verteilen. Unsere Kuh spendete der Familie ihre frische Milch und alle anderen Erzeugnisse daraus, aber auch den Mist. Das Kalb war für den Metzger. Alle paar Tage bestellten die Nachbarn Kuhmilch für ihren Couscous am Abend. Sie bekamen sie geschenkt. Milchverkauf war in den 70er Jahren noch eine Schande. Heute darf man sie verkaufen, aber nicht an die Dorfbewohner, sondern nur in der Stadt. Auch unsere Schafe wurden gemolken. Meine fleißige Mutter tat dies immer bei

Bedarf. Aus der Wolle der Schafe wurden Kapuzenmäntel für uns angefertigt, die vor Kälte schützten. Die Aufgabe der Hühner ist allen klar. Sogar die Katzen waren nicht nur schön, sondern sie jagten und vernichteten auch die unerwünschten Mäuse in Hausnähe. In unserer Region kennen wir drei Hundearten: Schäferhunde, Windhunde und die Mischlinge aus beiden Arten. Unsere Hunde dienten als Wächter in der Nacht, am Tage jagen sie. Nach islamischer Regel und aus Tradition gehören sie niemals in ein Wohnzimmer. Unglücklich waren sie deshalb nicht. Im Gegenteil, sie hatten mehr Freiheit und konnten sich alle auf einem Platz versammeln, auf dem dann die Weibchen unter ihnen sich ein passendes Männchen für die gemeinsame Hochzeit aussuchen konnten. Nicht immer verliefen diese Versammlungen friedlich. Schon mancher Hund kam von solchen Auseinandersetzungen mit großen Bißwunden zurück.

Der lügende Hund

Wenn ein Wachhund einmal in der Nacht bellt, dann ist es sicher, daß draußen irgend etwas los sein muß. An einem späteren Abend im Winter saßen wir einmal alle im Elternzimmer – Marokkaner können erst sehr spät zu Abend essen –, als unser Hund, den wir Ballag riefen, zu bellen begann. Die Erwachsenen waren müde, kaputt von der Tagesarbeit. So kam es, daß ich, der Jüngste, hinausgehen sollte, um nachzusehen. Ich verließ das warme Zimmer, und Ballag bellte weiter. Ich forderte ihn auf, in die entsprechende Richtung zu laufen, doch er hatte keine Lust, in die Nässe zu geraten. Er nahm all seine Kraft zusammen und bellte nach allen Seiten, indem er sich um sich selbst drehte. Dabei lachte er mich an und gab mir zu verstehen, daß er gelogen habe. Das war ein lügender Hund. Als ich in das Zimmer zurückkam, wollte mein älterer Bruder wissen, in welche Richtung Ballag gebellt hatte. Ich hatte keine andere Wahl, als Ballag nachzuahmen, und bellte in alle Richtungen. Darüber hat meine Familie noch monatelang gelacht.

Über das Wort „Herr"

JEDE KULTUR muß in ihrer Sprache die Höflichkeitsform pflegen, ja vielleicht sogar erst entwickeln. Das Wort „Herr" steht bei den Marokkanern an der Spitze. „Herr" heißt auf hocharabisch „*Assaiied*". In Marokko spricht man Arabisch, arabische Dialekte und drei verschiedene berberische Sprachen, die miteinander verwandt sind. Alle benutzen „Herr" in derselben Bedeutung und derselben Aussprache. „Herr" wird mehr für Menschen als für Gott gebraucht. Dann hat man „Assaiied" irgendwann auf „Ssi" verkürzt.

Die Anrede „Herr" oder „Assaiied" war früher nur würdigen Persönlichkeiten vorbehalten. Königen, Religionsführern und Meistern wurde dieser Titel verliehen. Heute hat sich die ganze Welt darauf verständigt, „Herr" zu verallgemeinern. Der Feind, der Bettler, der Verrückte und selbst der Verbrecher werden heute auch mit „Herr" angeredet. Das Wort wird inzwischen mißbraucht. Sollte ich einmal „Herr" hören oder lesen, dann weiß ich genau, daß es für einen männlichen Menschen steht, weder für einen Gegenstand noch für ein Tier, aber ohne ihn einstufen zu können. Um jedoch „Assaiied" in Marokko weiter eindeutig benutzen zu können, änderte man es je nach Bezug: Ganz allgemein sagt man *Assaiied*, für einen Gelehrten sagt man *Ssi*, für eine Person, die viel geistigen Segen erringen konnte, sagt man *Sidi* (mein Herr), für einen Propheten, seine Prophetengefährten oder einen König sagt man *Sidna* (unser Herr). Diese Bezeichnungen darf man dann fast nicht mehr vertauschen. Mit „Ssi" darf man in Marokko erst angeredet werden, wenn man den Koran, das Gottesbuch der Moslems, auswendig gelernt hat. Ein

Analphabet könnte also nie mit dem Titel „Ssi" angeredet werden. Für ihn gibt es dann andere Trosttitel, zum Beispiel „Onkel" oder „Bruder", auch wenn er kein Verwandter ist.

Meine Eltern waren fest davon überzeugt, daß ich es schaffen konnte, den Titel „Ssi" zu erreichen. Damit hätten sie dann einen Nachkommen, durch den sie viel Segen bei Allah zu bekommen hofften. Daher entschlossen sie sich, mich der Moschee zu widmen. Ich, ihr zweiter kluger Sohn, durfte bereits im Alter von vier Jahren die Moschee besuchen.

Koran lernen, wie, wo und wozu?

In meinem Dorf gab es weder eine öffentliche Schule noch einen Kindergarten, in denen die Kinder hätten ausgebildet werden können. Unsere Kinder haben die Möglichkeit, im Alter von sechs Jahren an in die Moschee zu gehen, um den Koran zu lernen. Die meisten geben es aus dem einen oder anderen Grund auf, bevor sie den Titel erreichen. Nur wenige dürfen später die Moschee als Korangelehrte verlassen. Korangelehrte genießen eine besondere Achtung. So ist es eine Ehre, einen oder mehrere Korangelehrte bei verschiedenen Anlässen dabei zu haben, zum Beispiel kurz vor der Abreise zu einer Wallfahrt einzuladen, um mit ihnen eine besonders religiöse Atmosphäre zu schaffen. Man bietet ihnen bei solch einer Abschiedsfeier immer den besten Platz im Haus an, manchmal erhalten sie dafür sogar eine Unterstützung. Ihre Arbeit als Imam, Vorbeter der Moschee, ist vielseitig und hart. Aber noch härter ist doch die Arbeit eines Bauern, von der der Imam befreit ist. Das sind die Ziele, die von den meisten Eltern oder sogar von den Koranschülern selbst angestrebt werden. Später mußte ich dazu lernen, warum ich Koran gelernt hatte.

Im Koran findet man: die Geschichte von der Zeit vor Adam bis zur Offenbarung des Korans, die Berichte über die Prophezeiungen bis zum Weltuntergang und dem Tag der Auferstehung sowie eine Anleitung zum rechten Verhalten der Menschen zueinander und Gott gegenüber. Da der Koran als das Gottesbuch der Moslems unerschöpfliche Weisheiten enthält, kann er, zumal bei seinem Umfang, nicht in ein paar Sätzen vorgestellt werden. Gern würde ich in der Zukunft einmal aus bestimmten Blickwinkeln zu diesem heiligen Buch etwas schreiben.

Für den Anfang bekam ich die notwendigen Dinge: einen Bambusschreiber, ein Tintenfaß und eine 20 mal 35 Zentimeter kleine Holztafel. Eine Moschee muß aus mindestens drei Abteilungen bestehen: dem Gebetsraum, einem Lehrraum und einem Aufenthaltsraum für Erwachsene. Ein WC gab es nicht. Im Innenhof befindet sich ein 56 Kubikmeter großes Dschubb (Wasserbecken) mit einer schmalen Öffnung nach oben, in die das Regenwasser von den sauberen, flachen Dächern der Moschee fließt.

Die Schüler heißen dort *Mhadhra*, was so viel bedeutet wie „Anwesende in Göttlicher Gegenwart". Sie heißen dort nie Schüler, weil sie ja nicht in der Schule sind, sondern in der Moschee. Der Lehrraum heißt *Mssied*. Dort sitzt auf einem Schafsfell auf dem Boden in ernster Erscheinung ein geachteter Mann. Man hat ihn nie ohne Kapuzenmantel und Kopfbedekkung gesehen. Die Kinder, vielleicht dreißig im Alter von vier bis fünfzehn Jahren, sitzen auf einer harten, kalten *Ḥassir*, einer Auflage aus Gras. Das ist für sie normal.

Mein zweiter Bruder, der bereits erwachsen war, hatte die Aufgabe, mich vorzustellen. Jetzt mußten einige Höflichkeitsformen geübt werden. *Sidi lfkih*, was „Herr Hochgelehrter" bedeutet, war die Anrede für meinen Lehrer. Der Lehrer – in der Moschee – hat für jede seiner Funktionen einen passenden Namen: Die Betenden nennen ihn *Imām*, weil er für sie der Vorbeter ist. Für die Mhadhra heißt er Sidi lfkih, weil er ihnen sein Wissen vermittelt. Einen Gelehrten – ähnlich einem Professor – nennt man *Scheich* (ein alter Mann heißt aber auch Scheich), und den einem Doktor ähnlichen Gelehrten nennt man *al Allaamah*, „der Mehr-Wissende". Für diese Titel braucht man keine staatlichen Zeugnisse. Die mündliche Berufung des Volkes genügt. Um den Koranlehrer von dem Schullehrer zu unterscheiden, nennt man ihn nicht Lehrer, sondern Sidi Lfkih. Sollte Sidi Lfkih einmal niesen müssen, und das darf man in Marokko laut tun, so müssen alle Mhadhra laut „*yarhamuk allah sidi lfkih*" rufen – „Allah begnadet Euch, Herr Hochgelehrter" –, ohne zu wissen, welche Bedeutung es hat. Es war Hocharabisch, und wir sind doch Berber. Schon draußen vor der Moschee konnte man an ihrem Rufen hören, wenn Sidi Lfkih nieste.

Älteren Menschen, besonders aber dem Sidi Lfkih und den Eltern die Hände zu küssen, gehört zu den Höflichkeitsformen. Vor dem Sonnenaufgang müssen alle Mhadhra anwesend sein und bereits auf dem Boden sitzen, die Koranteile auf der Tafel auf dem Schoß halten, laut lesen und sich dabei so pendelnd bewegen, wie es die Juden vor ihrer Klagemauer in Jerusalem tun. Nach einer Stunde drehen wir, einer nach dem anderen, die Tafel um, so daß der Lehrer sie nun sehen kann. Nun lesen wir ununterbrochen fehlerlos vor. Danach waschen wir die Tafel ab und reiben im Naßzustand etwas Weißton darauf, damit sie hell bleibt. Bis die Tafel jetzt wieder ganz trocken ist, wiederholt jeder fleißige Mahdhar, Schüler, seine abgewaschenen Texte der letzten Tage, damit er sie nicht vergißt. Sie hatten kein Gottesbuch (*mus-haf*), in dem sie noch einmal nachlesen könnten. Auch der Sidi Lfkih hat keines. Er kennt den gesamten Koran auswendig. Wäre er darauf angewiesen, in einem Buch nachzublättern, müßte er seinen Platz als Sidi Lfkih aufgeben.

Die fortgeschrittenen Mhadhra helfen den Anfängern beim Niederschreiben des Korans auf die Tafel. Dies geschieht unter der Aufsicht des Sidi Lfkih, der den Koran kennt wie die Namen seiner Kinder. Dann beginnt das Korandiktat. Jeder Mahdhar schreibt selbständig nach Diktat Wort für Wort oder Satz für

Satz, alle aus jeweils verschiedenen Stellen des Korans. Der Sidi Lfkih hat gelernt, jede Zwischenfrage spontan zu beantworten. Sie fragen zum Beispiel: „Weiter, Sidi, *bismi allāhi* ...?", und er diktiert „*arraḥḥmaaani*" weiter. Dann korrigiert er zum Schluß die Schreibfehler. Damit die Sätze in der Reihenfolge miteinander verknüpft werden können, fügt er am Ende noch einen Satz hinzu. Dieser wird dann für den kommenden Text der Anfangssatz sein. Man nennt diesen Satz auf berberisch: *araqqaß* – der Gesandte. Bevor nicht jeder den gerade geschriebenen Text mit geschlossenen Augen vorlesen kann, darf keiner der Mhadhra nach Hause gehen.

Gegen elf Uhr können wir zum Mittagessen heimkehren, die drei Kilometer bis dahin zurücklegen, müssen jedoch wieder vor dreizehn Uhr zurück sein, um für den Rest des Nachmittags fleißig lernen zu können. Auch Sidi Lfkih hat inzwischen zu Mittag gegessen und *Adhan* gerufen.

Das Gebet dürfen einige von uns mit ihm gemeinsam verrichten. Jeder von uns kennt seinen Platz. Sidi Lfkih sitzt flach auf seinem Schaffell, neben ihm drei Straf- oder Erziehungsäste in unterschiedlicher Länge. Jeder *Mahdhar* (Einzahl von *mhadhra*) muß nun einzeln, gleichzeitig mit den anderen, seine gestrige Seite, die wir die alte Seite nennen, lesen und ununterbrochen wiederholen. Ein Lärm, in dem keiner den anderen verstehen kann. Das geschieht bis zum Nachmittagsgebet, dauert also etwa drei Stunden. Sidi Lfkih befiehlt uns dann, die Tafeln an die Wand zu lehnen und einen Kreis zu bilden. Jetzt wiederholen alle Mhadhra gemeinsam den Koran von der ersten Sure, *al ḥamdu*, auch *Fātiḥah* genannt, dem ersten Kapitel, bis zu der Stelle, soweit er den Koran bisher auswendig gelernt hat. Der Kreis wird dann immer kleiner, weil ihn die Mhadhra verlassen dürfen, wenn sie die Stelle im Koran erreicht haben, bis zu der sie bisher gelernt haben. Sidi Lfkih, der ja das Heilige Buch kennt wie seine Kinder, braucht sich nicht auf die Lesung zu konzentrieren. Bei auch nur einem kleinen Fehler, wie wenn zum Beispiel einer der Mhadhra „*ibrahimu*" rezitiert, wo es aber doch „*ibrahima*" heißen muß, macht es ihn im Herzen betroffen, und spontan korrigiert er mit kleiner Aufregung. Er darf ruhig in einem leichten Schlaf sein, muß jedoch den Fehler bemerken und aufwachen. So etwas kann nicht jeder verstehen. Im Sommer dürfen die Mhadhra eine knappe Stunde vor Sonnenuntergang nach Hause, im Winter nur wenige Minuten davor.

Die geschmückte Tafel

DER KORAN umfaßt 30 Teile oder 60 Parteien, insgesamt 114 Suren. Wenn es ein Kind schafft, einen Teil davon auswendig zu lernen, ist dies Anlaß genug, die Tafel zu schmücken (eine Urkunde für zwei Tage auszustellen). Das geschieht durch Sidi Lfkih, der die Tafel mit islamischen Kunstgegenständen und vielen verschiedenen Farben schmückt. Dem Kind legt man die beste Kleidung an, manchmal sogar Frauenkleider. Das Kind fühlt sich dabei wie ein König. Alle anderen Kinder laufen mit ihm durch das Dorf und singen vor jeder Wohnung ein schönes Gedicht. Alle Menschen nehmen die Gruppe der „Paradiestauben" herzlich an. Frauen haben dabei Sonderwünsche. Sie küssen ehrfürchtig die Tafel und bringen Geschenke für den Sidi Lfkih, wie zum Beispiel Eier, Butter oder Münzen. Wir wanderten unter der Aufsicht des ältesten Mahdhars. Er hatte über alles zu entscheiden, und die Kinder hatten ihm zu gehorchen. Den Rest des Tages kriegen wir dann frei. Hin und wieder wiederholte sich dieses Ereignis, immer dann, wenn jemand fünfzehn Teile auswendig gelernt hatte oder den gesamten Koran.

Im Winter, auch bei Temperaturen unter null Grad, ging ich barfuß zur Moschee. Auch wenn wir im Lehrraum auf dem kalten Grasteppich sitzen mußten, konnten wir trotzdem im Winter besser lernen. Zu Hause ging es uns ja auch nicht viel besser. Der Stundenplan richtet sich nach dem Aufgang und

Untergang der Sonne. So lernten wir an den kürzeren Wintertagen fleißig und konnten in den Winternächten länger ausschlafen.

Koran und Grammatik

SCHWERER WAR ES an den Sommertagen. Nach einem guten Mittagessen, in einem mit Kindern vollgestopften Raum, war es nicht immer einfach, wach zu bleiben. Es geschah mehr als einmal, daß mir Sidi Lfkih durch einen Schlag mit dem längeren Erziehungsast dabei half. Wir durften uns nicht an die Wand anlehnen, sondern saßen reihenweise hintereinander auf dem Boden, als wären wir im Gebet in einer kleinen Aksa-Moschee. Aber auch Sidi Lfkih ging es nicht viel anders, auch er war sehr müde. Um seine Augen offen zu halten, mußte er sich selbst in Bewegung setzen. Diese fand er oft darin, daß er uns, obwohl unschuldig, schlug und anschrie, wir sollten lauter lesen. Sidi Lfkih ist stolz auf seine Aufgabe, aber leicht war es auch für ihn nicht. Die Dorfbewohner haben ihn mit dieser Aufgabe betraut, sie wählten einen anderen ehrlichen Mann zum Moschee-Vorsitzenden, der sich um Reparaturen, Beleuchtung oder um das Sammeln des „Gehaltes" für Sidi Lfkih kümmerte. Das Gehalt konnte meistens nur ein Jahresgehalt sein, da die Bauern nur einmal im Jahr ihre Felder ernten. Und anstatt Geld mußte Sidi Lfkih als Belohnung Getreide annehmen, und dies nur einmal im Jahr. Dazu bekommt er von jedem Mahdhar wöchentlich ein kleines tarifloses Entgelt (*tahrir*): eine oder mehrere Münzen oder zum Beispiel zwei Eier, die er sammelt und dann zu Geld macht, wenn ein Eierkäufer alle paar Tage vorbeikommt. Sidi Lfkih ist nicht versichert; so etwas kennt man nicht. Jahresurlaub nimmt er nicht während der Schulferien, sondern an religiösen Feiertagen, und das sind zum einen die letzten zehn Tage im Ramadan, dem Fastenmonat, und zehn Tage nach dem kleinen Aid, das ist der Feiertag zum Ramadanende. Außerdem zehn vor dem großen Aid, das ist das Opferfest, auf arabisch heißt es „*Aid ul adhha*", und die darauf folgenden zehn Tage. Die genannten zehn Tage heißen „*Aouascher*", was bedeutet: die Zehne, die Mehrzahl der Zahl zehn. Ein freies Wochenende richtet sich nach dem Wochenmarkt, und das ist von Gemeinde zu Gemeinde unterschiedlich.

Ich hatte vom Verlauf des Koranlernens berichtet, bei dem auch ich erfolgreich war. Im Alter von vierzehn Jahren war Allahs Buch schon in meiner Brust durch Allahs Hilfe lückenlos gespeichert. Ich war einer von denen, die es geschafft hatten, den ganzen Koran auswendig zu lernen. Insgesamt war ich dreimal durch den ganzen Koran gegangen. Angefangen hatte ich mit ein paar Versen pro Tag, dann Vers für Vers mehr, bis ich acht Tage für eine Partei (ein Sechzigstel) brauchte. Im zweiten Durchgang brauchte ich vier Tage für eine Partei, und im dritten Durchgang – wo ich kein Diktat mehr brauche, sondern aus dem Kopf schreibe und dem Lfkih die Überprüfung überlasse – ging es in einem Tempo von zwei bis drei Tagen pro Partei. Ab diesem Grad hatte ich die Möglichkeit, mich mit anderen Fächern vertraut zu machen, zunächst mit Grammatik, die auch „Wissenschaftsschlüssel" betitelt wird, denn ohne Grammatikkenntnisse wäre die Sprache schwer zu beherrschen. Das gilt besonders für die arabische Sprache, bei der man da, wo gesprochene Vokale in der Schrift überwiegend verschwunden sind, sie im Lesefall wieder berücksichtigen und mit aussprechen muß. Zum Beispiel das geschriebene Wort „Allh akbr" muß man *allahu akbaru* aussprechen, „bsm allh" muß man *bismi llahi* aussprechen. Bei der Deklination gibt es auch die vier Fälle. Man spricht dabei etwa von „hoch": Nominativ, „eben": Akkusativ, „tief": Dativ und „Stillstand" – das gibt es in der deutschen Sprache nicht. Wenn wir das geschriebene Wort „Mhmd" lesen wollen, dann müssen wir es dekliniert aussprechen, nämlich: Mohammad*un* kommt, ich sehe Mohammad*an*, ich stehe vor Mohammad*in*. Die arabische Grammatik ist also wichtig, umfassend und eine herrliche Kunst. Die arabischen Grammatiker sagten: „Die Grammatik ist für den Menschen ein Schmuckstück, das ihm immer dort Ehre verleiht, wo er auffällt. Wer sie (die Grammatik) nicht kennt, der soll lieber schweigen“. Parallel zu der Grammatiklehre lernt man die Scharia – in Marokko hat man sich von Anfang an für die malikitische Rechtsschule entschieden. Ich mußte das Gedicht „Der helfende Führer im notwendigen Religionswissen“, das 314 Zeilen umfaßt, auswendig lernen. Der Verfasser war Abdulwahid ibnu Aschir, andalusischer Abstammung, verstorben 1040 nach der Hidschra. Das Gedicht stellt drei Fächer dar, die das gemeinsame Ziel anstreben: Gott erkennen, anerkennen und zu Ihm beten. Erstens *Alkalam*wissenschaft (ungefähr Theologie) zweitens die islamischen fünf Säulen, drittens Sufitum.

Um Grammatik und Ibnu Aschirs Gedicht zu studieren, mußte ich im Jahre 1966 das Elternhaus verlassen und einen geeigneten Professor (Scheich) in einer Moschee mit Verpflegung (Internat) aufsuchen. Mein Vater kaufte mir drei Lehrbücher vom Wochenmarkt, dann packte ich meine Sachen zusammen: meine bisherigen Lehrartikel, ein Schaffell, einen kleinen Berberteppich als Decke, ein kleines Kissen, zwei Teile Wechselkleid und die Holztafel. Alles in einen Sack hinein, auf die Schulter geworfen und weg von der barmherzigen Mutter. Nach gut zwei Stunden erreichte ich mein Ziel, das Dorf Tanut Arrumman, zu deutsch „Der Granatapfelbrunnen“.

Das Dorf umfaßt circa zweihundert Rauchstellen: In einem Haus können ein Rauch oder mehrere sein. Ein Rauch bedeutet, daß man sich selbständig ernährt, da man für das Mittagessen sein separates Feuer anzündet, und dadurch definiert man, daß dort eine neue Familie geboren ist, die einen eigenen Moscheebeitrag aufbringen will. Ich ging in die Moschee hinein. Sie ist viel größer als meine bisherige Moschee und besser ausgestattet. Drei Aufenthaltsräume, das Wasserbecken ist größer, und im Gebetsraum liegen über den Grasauflagen sogar Berberteppiche. Es war noch Vormittag. Der Imam ist noch mit den Mhadra beschäftigt. Dieser (Scheich) wird nicht anders als „Sidi Lfkih" betitelt. Etwa zehn Studenten, „*Wissenschafts*-Suchende", die man auch ungefähr „die Gesackten" nennt, weil sie nichts weiter als einen Sack auf den Schultern besitzen, oder einfach „die Suchenden" nennen darf, und das ist kein Beleidigungswort, besetzen bereits die Aufenthaltsräume. Die meisten sind älter als ich. Ich mußte es damals zum ersten Mal bestehen, mich mit fremden Leuten zu unterhalten. Meine Aufnahme kann aber nur der Imam allein bestimmen. Er war selber einmal „Gesackter" gewesen, und seit Jahren sammelt er Erfahrungen in „Gesacktenbildung", so daß er in diesem Sinne auch als Psychiater handeln kann.

Nach einer Weile kommt er in sein privates Zimmer und erlaubt mir, einzutreten. Er stellte ein paar Fragen: woher ich komme, was ich gelernt habe und was ich noch studieren möchte. Dann erklärt er mir eine ganze Reihe von Geboten und Verboten, und das alles ausschließlich mündlich. Der Herr übt heute noch (1999) seine Aufgabe aus, und zwar immer noch in derselben Moschee, und ich sehe ihn alle paar Jahre einmal. Die Suchenden werden auf die Rauchstellen des Dorfes verteilt, so daß jeder weiß, wo er täglich sein frisch gebackenes Brot holen kann. Die Dorfbewohner sind großzügig, und jeder freut sich, zu der Verpflegung der Suchenden beitragen zu dürfen. Sollte das Brot für ein paar Tage bei einer Familie aus irgendeinem Grund nicht mehr abgeholt werden, so beschwert sich der Familienführer wütend bei dem Moscheevorsitzenden. Keiner würde es erlauben, von dieser gesegneten Beteiligung ausgeschlossen zu werden. Ich brauchte mir ab dem Aufnahmetag keine Sorgen mehr um die Lebensmittel zu machen. Darum kümmern sich die Dorfbewohner, ohne irgendeine Gegenleistung von mir zu erwarten. Und diese islamische, traditionelle schöne Gewohnheit ist heute von den öffentlichen Schulen – die überall gebaut worden sind – geschwächt worden, aber vergangen ist sie noch lange nicht, weil das die armen Leute aufrechterhalten, die so großzügig sind und keine Angst vor Armut kennen, und weil es immer noch die Gesackten gibt, die es aus dem einen oder anderen Grund verpaßt haben, in den öffentlichen Schulen etwas zu lernen.

Dazu kommt alle paar Tage eine Einladung zum Essen bei verschiedenen Familien. Manches Mal gibt es dafür wichtige Gründe: Trauer, Pilgerfahrt, Beschneidung, Hochzeit, Einzug in die neue Wohnung usw. Uns als Koranlesern werden die besten Sitzplätze reserviert oder einfach überlassen.

Sommerferien

Sommerferien bekam ich nur dann, wenn mein überlasteter Vater mich auf dem Acker für die Ernte brauchte. Alle erwachsenen Familienmitglieder müssen hart arbeiten, zum Beispiel das Getreide mähen, es binden, aufladen usw. Wie gerne erinnere ich mich an die Zeit, wenn mein Vater auf dem Acker unter der heißen Sommersonne während des Mähens Sufigedichte sang und dazu im Rhythmus die Sichel zog. Hinter ihm fielen dann die gebundenen Ähren, gleichmäßig geschnittene Halme, die ich sammelte, aufstellte und aneinanderlehnte und daraus einen pyramidenförmigen Getreidehaufen bildete. Alle Tiere sind mit dabei, nur die Hühner, Katzen und Wachhunde sind zu Hause geblieben. Kurz vor der Mittagspause brachte ich das Vieh zum Becken, das mit Regenwasser gefüllt war, damit es seinen Durst stillen konnte.

Der Oxanberg besteht aus Stahlfelsen. Das Bergwerk liegt etwa vierzehn Kilometer von unserem Berg entfernt. Täglich werden dort, immer um dieselbe Zeit, um zwölf Uhr, die Felsen gesprengt. Die Sirene kündigt es an. Dieser Alarm war für uns das Zeichen für die Mittagspause. Meine ältere Schwester hat die stark riechende Pfefferminze aus dem Feigengarten geholt und damit einen süßen Tee gekocht, der uns sehr erfrischte. Die Schafe scharen sich im Schatten unter die Olivenbäume und müssen dort ganz in Ruhe noch einmal verdauen, wiederkäuen. Sie stoßen das gesammelte Gras mühelos vom Magen in den Mund zurück und kauen es in aller Ruhe wieder und spucken dabei mitgefressene Olivenkerne wieder aus. Unsere Kuh hat sich allein einen Platz im Schatten gesucht und treibt mit langsamen Lidschlägen die Fliegen von ihren Augen und mit sanften Ohrenbewegungen von ihren Ohren und käut wieder. Ihren langen Schwanz kann sie nur benutzen, wenn sie steht.

Ich mußte, wie der erste Mensch Adam, alle Namen lernen, besonders die Namen der Werkzeuge. Das Seil heißt nicht immer Seil, sondern hat je nach Funktion einen anderen Namen, und das sind nicht wenige. Auch die Eigenschaften der Tiere habe ich langsam gelernt, so wie man in einem Industrieland die Eigenschaften der Maschinen lernt.

Ein Esel

DER ESEL zum Beispiel, der einer Familie das Auto ersetzt, hat natürlich, wie ein Auto Namen, Marke, Baujahr, PS usw. hat, auch seine Eigenschaften. Wenn man einen Esel kaufen will, muß man sein Alter an der Schärfe und Farbe seiner Zähne einschätzen. Im Alter von zwei bis vier Jahren wird er ein Zweier genannt, nicht weil er zwei Jahre alt ist, sondern weil seine oberen zwei Beißzähne gebrochen sind. Wenn er vier Jahre alt ist, sind die beiden Nebenzähne auch gebrochen, also insgesamt vier Zähne. Dann nennen wir ihn einen Vierer. Bis zu seinem sechsten Lebensjahr muß der Esel alle seine sechs oberen Beißzähne verändert haben. Dann sagt man über ihn, „er hat fertig gesammelt". Die nachgewachsenen zweiten Zähne bekommen schwarze Flecken an der inneren Seite, und das bedeutet, daß der Esel zwischen sechs und neun Jahren alt sein muß. Ab neun Jahren färben sich dann alle Zähne des Esels gelb. Ist der Esel zwölf Jahre alt, bekommt er zwei kleine Stoßzähne im unteren Kiefer. Erreichen sie ihre normale Größe, dann bedeutet das, er ist etwa fünfzehn Jahre alt. Im Vergleich zum Menschenleben ist er ungefähr siebzig Jahre alt. Ob der Esel des öfteren gestolpert ist, stellt man an der oberen Lippe fest. Wenn er gestolpert ist, versucht er so auf die Beine zu kommen, indem er die Schnauze auch noch auf den Boden drückt. Das hinterläßt dann verschiedene Narben an der oberen Lippe. Ob der Vorbesitzer mit dem Esel zufrieden war, kann man an seiner rechten Schulter sehen. Wenn da viele Stichspuren zu sehen sind, war er es wohl nicht. Es bedeutet auch, daß der Esel nur etwas tut, wenn man ihn dazu zwingt. Ob das arme standhafte Tier vielleicht bei ärgerlichen Dingen tritt, sich wehrt, sieht man an der Körperhaltung des Esels, ganz besonders an seinen Ohren. Legt er sie nach hinten an, dann muß man ihn in Ruhe lassen, sonst wird er sich wehren. Hängen sie herunter, ist er müde und braucht seine Ruhe. Stehen sie hoch, dann ist er auf Horchposten.

Die Kuh hat andere Eigenschaften und Merkmale. Will ein Kuhhändler das Alter der Kuh erfahren, tastet er kurz auf ihre Wirbelsäule, und schon weiß er, wie alt sie ist. Auch an den Hörnern kann man das Alter der Kuh erkennen.

Ein berberischer Bauer kennt aber noch viele andere Tiereigenschaften. Ich kenne zum Beispiel an die dreißig verschiedene Vogelstimmen und kann sie klar definieren. Auch wenn ein Vogel hinter einer Mauer singt, weiß ich, welche Vogelart dort singt. Und manchmal weiß ich sogar, was er vorhat. Ebenso sagen die Formen und Farben der Eier auch etwas aus. Ich brauchte an keinem Biologieunterricht teilzunehmen. Mein Vater war auch Imker. Bei ihm habe ich gelernt, wann ich mich vor den Bienen in Sicherheit bringen muß und wann sie mir über den Handrücken krabbeln dürfen. An ihren Reaktionen konnte ich erkennen, ob sie bereits Honig abgelegt hatten oder ob sie ihre Larven beschützen wollten. Ich glaube sogar, daß Bienen untereinander und bei anderen Lebewesen und Pflanzen, aber ganz besonders auch bei den Menschen, eine bestimmte Harmonie aufrechterhalten. In der Natur, wo kein Autolärm oder Industriegeräusche stören, vernimmt man jedes natürliche Geräusch um so deutlicher. Man kann sogar den Herzschlag eines anderen in einem Abstand von ein paar Metern deutlich wahrnehmen.

Erst als ich dies alles vermißte, wußte ich, wie schön es war: der lange Frühling, in dem die Bienen und andere Insekten auf den Blüten hockten und mit ihren Beinen die Blütenschuppen zu ihren Stöcken transportierten. Erst dann wußte ich, wie schön es war, diese harmonischen Bewegungen der Natur hautnah zu betrachten. Ich erinnere mich, daß mir einmal eine Ameise ins Ohr gekrabbelt war. Die Geräusche, die sie in meinen Ohren machte, waren so laut wie der Donner nach einem Blitz, so daß ich davon total durcheinander war. Mit einer Knipsnadel, einer Büroklammer ähnlich, versuchte ich, sie wieder herauszuholen. Dabei mußte ich hören, wie laut sie schreien konnte. Es klang so ähnlich wie der Schrei einer Maus.

Das Leben draußen war trotz vieler Entbehrungen nicht so kompliziert. Dort kennt man weder Rechnungen noch Mahnungen, weder Stadtwerke noch den Vermieter oder das Finanzamt. Nichts kann ein Leben in der Natur ersetzen. Natürlich konnte man in der Stadt Feigen kaufen, aber dann fehlte der Feigenbaum, es fehlte, ihn berühren zu können, die Blätter zu streicheln und auszurechnen, wie er wohl milchweiße Tränen weinen würde, wenn er von seinem Mutterbaum getrennt würde. Dasselbe kann man auch bei Oliven, Pfefferminze, Granatäpfeln und allen anderen Dingen der Natur empfinden. Man kann zwar überall einen Wasserhahn aufdrehen, und das Wasser fließt heraus, aber nicht die Quelle zu sehen, sich nicht in sie hineinbeugen und den Geruch des Wassers aufnehmen zu können, das ist es, was fehlt. Es herrscht eine andere Atmosphäre, wenn die Natur sie bestimmt. Das waren meine Sommerferien.

Aber zurück zu mir wieder in der Wohnung! Es gab im ganzen Haus nicht mehr als ...

Eine einsame Eßgabel

..., DIE ABER bei uns nicht Eßgabel heißt, sondern Fischgabel und für den Bratfisch bestimmt war. In einem und demselben Raum wird gegessen, geschlafen, miteinander geredet und werden Vorräte gelagert. Die Handmühle der Hausfrau, mit der sie täglich eine Stunde lang Getreide zerkleinert, hat hier auch ihren Platz in einer Ecke. Eine Petroleumlampe spendet Licht, manchmal werden bei Bedarf auch ein paar Kerzen in der Nische angezündet. Vor dem Essen wäscht man sich die Finger, um dann vom gemeinsamen Tonteller, der auf dem Boden steht, zu essen. Jeder sitzt schräg und spart Platz für den anderen ein.

Das Essen beginnt mit den Worten „*Bismillah*", im Namen Allahs. Mit Löffeln essen wir nur Couscous oder die von der Mutter selbst gefertigten Milchnudeln. Bevor wir schlafen gehen, räumen wir alles zur Seite und nehmen die Kleidung vom Agavenstengel herunter. Schaffelle kommen auf die Grasauflagen nebeneinander bis zur Tür. Die Kissen reichen nicht aus, man kann dafür auch andere Sachen nehmen. Wir haben eine sechs Meter lange gemeinsame Decke, einen Berberteppich, mit dem wir uns, vom Vater als erstem angefangen, dann das jüngste Kind, dann das nächst ältere, zudecken.

Die Kinder müssen sich alle paar Wochen duschen. Für die männlichen erwachsenen Kinder steht im Notfall die Waschmöglichkeit der Moschee zur Verfügung. Die Mädchen dürfen mit der Erlaubnis der Mutter zu Hause duschen. Hier geht es um Wassersparnis.

Weshalb so viele Kinder?

Ein Bauer kennt keine einzige Versicherung, weder Renten- noch Kranken-, noch Arbeitslosenversicherung. Letztere braucht er auch nicht. Und an Krankheit und Altersversorgung muß er früher denken. Als Ersatz für all die Versicherungen gibt es nichts Besseres, als genügend Kinder zu haben. Der Maßstab für den Respekt und die Achtung eines Bauern sind Macht und Vermögen. Ohne beides kann er nur sehr schwer leben. Der Bauer benötigt für seine Arbeit auf dem Acker und für sein Vieh Hilfskräfte, die nicht nach einem Lohn verlangen. So kann man sagen, daß das Leben ohne Macht und Versicherungen dazu beiträgt, daß kinderreiche Familien entstehen und diese zusammenhalten. Bauern, die keine Kinder hatten oder bekommen konnten, hatten es in ihrem späteren Alter schwerer und starben früher. Ein Verhütungsmittel gab es vor zwanzig Jahren noch nicht, und wenn doch, dann war es sicher zu teuer. Und man dachte über Verhütungsmittel erst nach dem siebten Kind nach.

Viele ältere Marokkaner wollen immer noch nicht daran glauben, daß irgendeine Versicherung den Sohn oder die Tochter ersetzen kann. Deshalb haben fruchtbare Frauen mehr Stolz und auch mehr Sicherheiten, daß der Ehemann keinen wichtigen Grund hat, eine weitere Frau zu heiraten. Es ist also richtig, daß man sagt: „Man hat ein Recht, Kinder zu zeugen, wenn man arm ist."

Die guten Gewohnheiten

DIE DORFBEWOHNER sind alle sehr fleißig und freuen sich darüber, jemandem gelegentlich behilflich sein zu dürfen. Jeder bemüht sich um einen sauberen, guten Kontakt zu den anderen, besonders zu den Dorfbewohnern, die sich für ihn in schwierigen Zeit einsetzen. Eine eigenständige Harmonie aber bindet die Gemeinde, auf berberisch „*Jama'a*", in verschiedenen Hinsichten schon wie von selbst zusammen. Da ist zum einen die gemeinsame Moschee und zum anderen das große Fest einer Hochzeit, zu der der Gastgeber alle achtzig Familien des Dorfes einladen muß. Auch sind es die gemeinsamen Plätze, wo sie miteinander reden und lachen, oder der gemeinsame Einsatz bei allgemeinen Schwierigkeiten wie Feuer oder Überfall, auch der gemeinsame Friedhof trägt mit dazu bei, denn wenn jemand gestorben ist und beerdigt wird, läßt jeder seine Arbeit liegen und geht auf den Friedhof. Und die Ackerarbeit, ja, die Ackerarbeit trägt dazu bei. Und nicht zuletzt das Sufileben.

Ich versuche, jedes Thema im einzelnen ausführlicher zu beschreiben.

Die Moschee

DIE MOSCHEE im Dorf ist nicht nur Koranschule und Gebetsort, sie dient auch dem Empfang geachteter Gemeindebesucher und als Wahllokal.

Am Zucker- oder Opferfest, das sind der letzte Tag im Fastenmonat Ramadan und der Opfertag, der mit Abrahams Geschichte verbunden ist, kommen bei Aufgang der Sonne Männer, muslimische Bauern, mit frisch rasierten und strahlenden Gesichtern, ältere Frauen und Kinder in die Moschee. Fast alle sind weiß gekleidet und singen religiöse Lieder. Anschließend gibt es Pfefferminztee und Milchcouscous. Dazu bringt jedes Kind seinen gespitzten Holzlöffel von zu Hause mit. Die Holzlöffel stammen von den Holzhauern aus dem Vorort. Wenn die Sonne etwa eine Lanze hoch steht, marschieren wir alle zusammen zum freien Gebetsplatz.

Nach dem Gebet und der Predigt besteht die goldene Chance, daß sich die Leute, die miteinander gestritten haben, wieder vertragen. Das tun sie, indem sie sich umarmen und sich gegenseitig Glück wünschen.

Heirat – Solidarität

ALI IST schon zwanzig Jahre alt geworden. Aber er darf weder nach islamischen Regeln noch nach traditionellen Gepflogenheiten eine Freundin haben, mit der er eine schöne Zeit verleben könnte. Das paßt nicht in die Gesellschaft. Mädchen, die einfach ohne Grund ausgehen, haben keinen guten Ruf. Man befürchtet, daß sie irgendwann für das ganze Dorf zu einem Skandal werden.

Ali nahm seinen Esel und ging jeden Tag zur Quelle, um Wasser zu holen. Hier wird auch von den Frauen und Mädchen auf vier Wasch- oder Reibsteinen die Wäsche gewaschen. Dort hatte sich Ali in die vierzehnjährige Fatima verliebt. Und Fatima war immer froh, wenn sie Wasser holen durfte. Auf keinen Fall durfte sich Ali vor Fatimas Vater auffällig benehmen, und um Ärger zu vermeiden, beobachtete er Fatima, wenn sie Wasser holen ging, aus einer Entfernung von ein paar hundert Metern. Sollte sie sich mit dem Esel auf den Weg machen, war Ali auch innerhalb von zwei Minuten unterwegs zur Quelle. Er darf sie grüßen und sich nach ihrem Wohlbefinden erkundigen. Die Zuneigung spürte jeder von beiden. Vor dem Wasserholen versuchten beide, sich schick zu machen.

Nach ein paar Monaten hatte Ali es geschafft, sie zu fragen, ob sie seine Frau werden möchte. Fatima muß vorsichtig sein, hier durfte nichts schiefgehen; sie will zu Hause nämlich keinen Ärger bekommen. Sie weiß, daß es immer wieder vorkam, daß junge Mädchen auch im Stich gelassen wurden, nachdem sie ihr Herz verschenkt hatten. Und dann will sie niemand mehr haben, weil sie – in der Sicht der Gemeinde – ruiniert worden sind. Und das ist eine Bestrafung für das ganze Leben. Sie wird dann als Hure angesehen und auch so genannt. Und sollte sie schwanger sein, dann aber nicht im Elternhaus, dann muß sie verschwinden, dorthin, wo kein Mensch sie kennt. Den Vater würde man sowieso nicht nach ihr befragen, und die Mutter würde antworten, sie sei für die nächsten Monate bei ihrer kranken Tante. Und das Baby wird im voraus von einem kinderlosen Ehepaar angenommen. Das Mädchen gibt das Baby ab auf nimmer Wiedersehen und kehrt vielleicht vorsichtig mit blassem Gesicht wieder nach Hause zurück. Eine Hilfsorganisation, wie zum Beispiel das Jugendamt, Frauenheim oder die AWO, gab es nicht.

Woher sollte Fatima wissen, was Ali wirklich vorhatte? Sie entschließt sich zu glauben, daß Ali gute Absichten hat, und antwortet ihm: „Unser Haus kennst du ja. Du mußt dort hingehen und meine Eltern um meine Hand bitten." Wörtlich heißt es eigentlich: „Meine Eltern über mich ansprechen." Niemand kann garantieren, daß sich die beiden noch für eine längere Zeit beherrschen können. Beide Mütter haben es gemerkt. Alis Mutter spricht allein mit ihrem erwachsen gewordenen Sohn. Sie sagt ihm, daß er ein Mann geworden sei und daß es schön wäre, wenn er heiraten würde. Und daß man nicht wissen könne, wie lange noch die Eltern dasein würden. Dann schlägt sie ihm Fatima als Frau vor, von der sie meint, daß sie sich in die große Familie einpassen würde. Ali erlaubt seiner Mutter, daran zu arbeiten. An einem Mittwoch, an dem die Luft für Frauen rein ist, besucht Alis Mutter die Mutter von

Fatima. Sie tut es mit der Begründung, daß sie versuche, zum Beispiel Eier zu kaufen. Alle Männer sind zum Wochenmarkt gegangen und kommen erst am Nachmittag zurück. Fatimas Mutter ist nicht überrascht, sie wußte schon über ihre Tochter Bescheid. Sie darf Alis Mutter die Eier nicht geben, bevor diese einen Pfefferminztee getrunken hat. Fatima muß sich höflich verhalten. Sie küßt Alis Mutter die Hand und erledigt irgendeine Arbeit im Haus. Alis Mutter lenkt das Gespräch auf Eheschließung. Sie muß herausfinden, ob Fatima für ihren Sohn die richtige Frau ist, ob sie in Frage kommt. Dann läßt sie Fatimas Mutter wissen, daß sie wiederkommen wird. An einem anderen Mittwoch dann nimmt sie Tante Halima mit und besucht jetzt Fatimas Mutter öffentlich.

Ali besitzt weder Vermögen, noch bekommt er ein Gehalt. Alles gehört seinem Vater. Die Mutter ist stets bemüht, Alis Wünsche zu erfüllen. Nun müssen die Eltern sich für Ali einsetzen. Sie bitten für ihn bei den Eltern um die Hand von Fatima. Auch Fatima wird gefragt. Sie darf ihr Einverständnis ausdrücklich äußern, muß es aber nicht. Auch ihr Schweigen genügt, und das gilt auch juristisch. Der Prophet, der Friede sei auf ihm, sagt ungefähr: Die Ledige wird gefragt, ihr Schweigen gilt als „Ja“, und die schon einmal verheiratet war, muß sich ausdrücken.

Die Gemeinde freut sich darüber, wieder im Dorf eine Hochzeit feiern zu dürfen. Meistens geschieht es nach der Erntezeit, wenn die Dorfbewohner nicht mehr so viel auf dem Acker zu tun haben. Der Bräutigam darf die Hochzeitsrechnung später bezahlen, zum Beispiel in drei Monaten. Die Dorfbewohner lassen den Bräutigam nicht im Stich. Sie sind am Hochzeitstag bei ihm bis Mitternacht oder sogar die ganze Nacht hindurch. Zum Schluß spenden sie für ihn ihr Geld öffentlich, damit jeder sehen kann, wer wieviel gespendet hat. Mit dieser Spende kann dann der Bräutigam oder können seine Eltern die gesamten Hochzeitsschulden zurückzahlen. Ein Bräutigam wird für mindestens sieben Tage von allen seinen Freunden sehr geachtet. Sie nennen ihn „*Mulay Sultan*". Ihm wird der jeweils beste Platz überlassen. Er bekommt das erste Glas Pfefferminztee. Jeder hält es für wichtig, den Sultan so zu achten, als wäre er ein wirklich Mächtiger. Schließlich bedankt er sich bei allen für die Solidarität. – Ich erzähle jetzt etwas über ...

Meine Hochzeit

Als ich neunzehn Jahre alt war, besaß ich kaum mehr als ein paar Bücher. Mein älterer Bruder, der schon neun Jahre lang in Deutschland gearbeitet hatte, wollte meine Hochzeitskosten allein übernehmen. Meine Geschichte lief so ähnlich wie bei Ali. Mein Mädchen war erst vierzehn Jahre alt, aber genau sie wollte ich und keine andere.

Nach der Elternabsprache gingen mein Vater, mein Schwiegervater und ich zu den Juristen auf dem Wochenmarkt, um eine Heiratsurkunde ausstellen zu lassen. Die beiden Juristen, von denen mich einer persönlich kennt, sind Koranleser. Wir trafen sie in dem Café, wo sie auf ihre Kunden warteten. Sie wollten unsere Sache ausnahmsweise erleichtern und nicht wissen, daß das Mädchen erst vierzehn Jahre alt ist. Sie taten so, als ob es bereits achtzehn und außerdem auch anwesend wäre. Mein Schwiegervater sollte von Volljährigkeit sprechen. – Man setzt dafür einen anderen Satz ein, der kein Alter angibt, sondern die volle Entwicklung bestätigt. Man sagt ungefähr: „Er oder sie ist reif." – Auch benötigten sie von meinem abwesenden Mädchen keinen Ausweis.

Die beiden *Udul*, das sind Vertrauenszeugen, schrieben meinen Namen, den Namen meines Mädchens, die Höhe der Brautgabe, daß wir beide ledig und bei vollem Bewußtsein sind und aus gleichen Positionen kommen. Zum Schluß schrieben sie noch zwölf Zeugennamen auf.

Zwei Wochen vor der Hochzeit hörte man schon den Trommelschlag im Haus. Täglich kamen die Frauen aus dem Verwandtenkreis, um mit meinen Schwestern Hochzeitslieder zu singen und zu üben. Jede bemüht sich, eigene Lieder zu reimen. Diese analphabetischen Beduinen haben eine Begabung in der Kunst des Gedichts, auch wenn sie die Uhr nicht kennen.

Die meisten Männer verlieren beim ersten Kontakt mit einer Frau ihre Orientierung und haben dann Schwierigkeiten beim Geschlechtsverkehr. Dabei glauben wir, daß man entmachtet oder verzaubert wird. Böse Leute benutzen dies. Sie nehmen zum Beispiel einen Faden vom Kleid des Mannes oder der Frau und rufen ihn dann mit seinem Namen. Sofort bei der Antwort verknoten sie dann den Faden, und der Bräutigam ist beim Geschlechtsverkehr so lange machtlos, bis der Knoten wieder gelöst wird oder er ein Gegenmittel bekommt. Um dies zu verhindern, ergreift das Brautpaar eine Schutzmaßnahme: Sie lassen von einem Korangelehrten einen Schutzvers fertigen.

Meine Schwiegereltern brauchten nicht viel zu kaufen. Das mußte ich bzw. mein Bruder übernehmen. Sie bekamen von uns einen großen mit Henna geschmückten Hammel und alles, was dazugehört, vier Kolben Zucker, fünf Liter Öl, ein Kilogramm Henna – zu feinem Mehl gemahlenes Kraut zum Färben von Stoffen, Haaren, Haut, Finger- und Zehennägeln – und anderes mehr. Einen Tag vor der Hochzeit wird der Hammel mit großer Zeremonie übergeben. Die öffentliche Hochzeit dauert zwei Tage. Am ersten Tag feiert jede Partei für sich allein, und am zweiten wird zusammen im Haus des Bräutigams gefeiert. Wenn sich die Braut von ihren Eltern verabschiedet, herrscht eine furchtbare Traurigkeit. Aber nicht nur, weil sie ihre Tochter vermissen werden, sondern auch deshalb, weil das Spiel noch nicht zu Ende ist. Die Tochter muß beweisen, daß sie noch Jungfrau ist. In der ersten Nacht muß sich das Tuch rot färben. Schafft man dies nicht in den sieben Tagen der Sultanszeit, dann trägt daran entweder die Frau Schuld, oder einer von beiden ist entmachtet worden.

Die Schwiegereltern sind sehr empfindlich, weil sie nicht wissen, wie ihre Tochter mit meiner Mutter auskommen wird.

Den ganzen ersten Hochzeitstag sitzt die Braut auf einem extra geschmückten Brautplatz. Es muß aber eine Ecke sein. Es werden Abschiedslieder gesungen, bei denen sie hin und wieder weinen muß. Spät in der Nacht werden etwa ein Kilogramm getrocknete Hennablätter zu Mehl gestoßen und ihre Hände und Füße damit rot gefärbt und geschmückt. Gegen Mittag des zweiten Tages muß sie zusammen mit ihren weiblichen Verwandten bei einem speziellen Trauerlied zum Abschied weinen. Auch der Vater der Braut ist nur schwer anzusprechen. Eine erfahrene Frau gibt der ahnungslosen Braut ein paar Hinweise auf die kommenden wichtigen Ereignisse, klärt sie auf, was in den ersten Nächten passieren muß und wie sie ihrem Mann entgegenkommen soll. Anstatt ihre Haare nach hinten oder auf eine Seite zu kämmen, legt man ihr alle Haare in dünnen Zöpfen geflochten ins Gesicht. Auf ihren Kopf legt man dann bis zur Schulter die sogenannte „Kuppel“, auf berberisch *Kobbah*, ein Stück Stoff, vierzig Zentimeter mal drei Meter, das sie später als Leibband wickeln kann. Die Frauen falten es einmal und nähen es provisorisch an beiden Rändern in eine kleine Sackform, die über den Kopf bis einschließlich Hals gezogen wird. Darauf kommt vom Hals abwärts das weiße Wolltuch. An den Füßen trägt sie die schönen *Balga*, marokkanische geschmückte Pantoffeln aus Fes. Das ist die Braut. Wie aus tausend und einer Nacht war für mich die ganze Zeremonie.

Ohne Ausnahme alle Dorfbewohner habe ich eingeladen, alle Verwandten und Freunde; auch aus weiterer Entfernung sind sie da. Ein Ochse ist schon geschlachtet. Ein Faß mit zweihundert Liter Trinkwasser steht bereits im Schatten. Es wird ausschließlich Couscous serviert. Der Hof hat genügend Platz für alle. An der Wand hängt eine Petroleumlampe.

Das Friedenssieb

ICH MÖCHTE hier gerne die Tür zur Vergangenheit durch die Erinnerung aufmachen und dieses Kapitel in der Gegenwartsform erzählen.

Meine Tante Amina, sie ist sechzig Jahre alt, trägt ein rundes Handsieb – nicht aus Stahldraht, sondern durchlöcherter Ziegenhaut – auf ihrem Rücken. Damit geht sie durch die Versammlung der Leute von einer Ecke zur anderen. Sie ist der Meinung, das schafft eine schönere Atmosphäre und verhindere Streit unter den Gästen. Die eine Hälfte des Hofes gehört den Männern. Sie können sich dort frei bewegen. Die andere Hälfte gehört den Frauen, die dort ihre begrenzte Freiheit genießen dürfen. Sie tanzen die ganze Nacht hindurch. Ein Mann darf mit Frauen tanzen, wenn eine Frau aus seiner Familie, Schwester oder Mutter, mittanzt. Er zieht seine Kapuze über das Gesicht, um Blicke zu den fremden Frauen zu verhindern, oder umgekehrt. Genauer gesagt, nimmt er seinen Stock in die Hand und versucht, vorsichtig auf die tanzenden Frauen zuzutanzen und sich ihnen zu nähern. Er muß aufpassen und die Reaktionen der Frauen früh erkennen. Alle Männer feuern ihn mit Klatschen und Pfeifen an. Sollten die Frauen in der Mitte weitertanzen, darf er sich ihnen weiter nähern; aber ein Abstand von einem halben Meter muß eingehalten werden. Gehen sie an den Rand, dann hat er verloren und darf nicht mit den Frauen tanzen.

Eine Wundertüte liegt bewacht in meinem Zimmer. Ein Kopftuch muß an diesem Abend als Fahne an einen Bambusstab gebunden werden. Die Wundertüte muß noch vor Mitternacht aus meinem Zimmer heraus. Alle sympathischen Frauen beteiligen sich an dieser Zeremonie. Meine Vertrauenstante nimmt mit aller Achtung die Wundertüte, eine andere die

Fahne. Mitten im Wundertütenlied geht es im Trommelschlag in Zeitlupe hinaus, fünfzig Meter vor das Haus und wieder zurück an denselben Platz. Jetzt heiße ich „*Mulay Sultan*". Darüber bin ich zwar sehr froh, aber auch sehr aufgeregt. Zwei Vertrauensmänner halfen mir beim Anziehen meiner Hochzeitskleider. Ich ziehe mich ganz weiß an, einen weißen Kapuzenmantel, *Dschellab*, und setze einen roten *Tarbousch* auf den Kopf, auf dem ich noch die große Kapuze bis auf das Kinn hinunterlasse.

Die anderen Männer stehen vor meiner Tür und warten darauf, daß der „Löwe" herauskommt. Sie singen traditionelle unverzichtbare Sufigedichte, und zwar in zwei Gruppen. Immer wenn eine Gruppe zwei Zeilen gesungen hat, beginnt die andere mit ihren zwei Zeilen. Dabei werden alle Gäste mit der gebundenen weichen Fahne gestreichelt, und das tut gut. Zwei Wachmänner halten mich an den Armen und gehen mit mir Schritt für Schritt inmitten des Sufigesangs aus dem Haus hinaus und wieder zurück – wie eine Bienenkönigin. Ein Diwan, ein alter mit Schaffellen bedeckter Hocker, ist für mich vorbereitet. Stolz nehme ich darauf Platz. Die beiden Wachmänner heißen jetzt Minister. Mulay Sultan soll sich in einem ernsten Zustand halten, er soll nicht lachen. Unter dem Druck von Witzen und Schauspielen muß ich ernst bleiben, um die Ehrfurcht aufrechtzuerhalten. Während ich hier sitze, haben die Frauen Henna unter dem Rhythmus des Mörsers und der Trommeln zu Mehl gestoßen. Dazu erklingt das Hennagedicht:

„Los, ihr Äpfel – ihr Schönen!
Der Löwe hat den Befehl für Henna gegeben
in Anwesenheit des Propheten der Tehamergebirge."

Nach einer Weile kommt Tante Amina mit dem Tonteller voll gemahlenem und mit Wasser gemischten Henna. Dann findet eine Versteigerung statt. Wer am meisten bietet, der darf meine sehr geehrten Hände in das Henna stecken. Ich soll die darauf liegenden vier Eier mit der rechten Hand berühren und die Hand darauf liegen lassen. Sie bringen mich zu meinem Zimmer. Hier soll ich drei Handabdrücke mit Henna auf die Wand geben ...

Der zweite Tag beginnt mit einem Mittagessen. Es ist Spätnachmittag. Unser Maulesel ist bereits gesattelt. Meine Verwandten sollen die Braut abholen, während ich mich um die anderen Gäste kümmere. Da diese Regel allgemein gültig ist, habe auch ich sie für richtig zu halten, das heißt, zurückzubleiben. Total verhüllt kommt die Braut auf dem Rücken des Maulesels. Einer führt ihn, ein anderer hält die Braut am Arm fest. Da mußte ich wieder an die bösen Geister denken. Von meiner Tante Amina werde ich zu einem Fenster gebracht und soll nun durch das Friedenssieb meine Braut anschauen. Bevor die Braut abstieg, war sie als erster Person ihres neuen Zuhauses von meiner Mutter empfangen worden. Der erste Kontakt soll versüßt sein. Sie nimmt etwas Honig von einem Teller und reibt davon etwas auf ihren rechten Fuß. Man nennt es „die Brautfuß-Wäsche“, und das stellt die Verbundenheit der beiden zueinander dar.

Wieder Pfefferminztee, Spaß, Musik, Tanz bis in die Nacht. Ich ziehe mich wieder an, wieder zwei Leibwächter, wieder heraus und zurück. Auf dem Rückweg erwartet mich ein beschädigtes Tongefäß, das ich zertreten muß. Dies ist ein Symbol dafür, daß ich mit der alten Ordnung breche und eine neue beginne. Wieder auf den Diwan, daneben eine große Kupferplatte, man nennt sie *Sieniyya* (Chinesin), ein Klumpen Zucker wird als Gewicht auf die Geldscheine gelegt, damit sie nicht wegfliegen. Nun müssen die Gäste in ihre Taschen greifen und Geld spenden. Ein Ansager leitet dies mit bestimmten Worten. Anschließend darf jeder der Männer nach Hause gehen. Und ich darf zu meiner Braut. Das Zimmer ist noch voller Frauen. Jetzt muß meine Schüchternheit aber weichen, sonst werden sich die Weiber über mich lustig machen. Meine vierzehnjährige Braut ist immer noch verhüllt. Ich darf ihren Schleier entfernen und ihre vielen Zöpfe wieder öffnen. Diese sehr intensive Arbeit mache ich in Anwesenheit aller anderen Frauen. Dabei versuchen die Frauen, mir beizubringen, etwas Lustiges zu tun, damit meine Braut dabei ein wenig Sympathie empfindet und sich keine großen Sorgen macht. Wie üblich mußte ich sitzend einen süßen Pfefferminztee anmachen und davon eine Runde servieren lassen. Es ist eine schöne Atmosphäre. Noch einmal möchten die Frauen einen Tee trinken. Ich muß ihnen den Gefallen erweisen, lasse aber den Zucker weg. Den bitteren Tee aber möchte niemand trinken. Damit haben die Frauen die Erlaubnis, sich zu verabschieden. Jetzt ist die Braut allein mit mir. Es gibt nichts Leichteres, als dic Wundertüte zu öffnen.

Die Wundertüte

DAS WAR ihre Aufgabe. Sie sollte mit mir über all das sprechen, was sie aus der Wundertüte herausholte: eine Rasierklinge, eine Nähnadel, einen kleinen Spiegel, der verkleinert und vergrößert, ein paar Stecknadeln, etwas Augenfarbe, Mundfarbe (Rinde von einem Nußbaum, die gekaut wird, gleichzeitig als Zahnreinigung dient und Mund innen und außen rot färbt), zwei Kaugummis, eine kleine Schere, ein kleines Messer, etwas Weihrauch, etwas Salz und ein paar Dinge, die wir nicht kannten. Vielleicht waren dies Dinge gegen Zauberei. Jedes einzelne Teil war schön verpackt, so daß wir eine Weile damit beschäftigt waren. Die restlichen Ereignisse will ich diskret verschweigen.

Am Morgen danach kochte meine Schwiegermutter ein paar Eier und schickt sie mir mit ein paar Fladen Brot und einigen Bonbons. Die Gesandte wollte aber gleichzeitig wissen, wie es dem Brautpaar geht. Am Abend bekomme ich zehn gebratene Hähnchen mit Mandeln und zwanzig Brote. Alle Verwandten wollen wissen, wie es dem Brautpaar geht. Deshalb sind sie an diesem Abend herzlich eingeladen. Am siebten Tag mußte es wieder Spaß geben. Bis zu vierzig Personen werden eingeladen. Nach dem Abendessen dürfen die Gäste das Zimmer durchsuchen. Der Vorhang vor dem Schlafplatz des Brautpaares wird von ihnen für immer beseitigt. In jeder Ecke finden sie gekochte Eier und Bonbons. Und damit ist meine „Sultanszeit" zu Ende. Da man keine andere Wahl hat, als zu heiraten und die Kosten dafür mit der Solidaritätsspende zu begleichen, kann die Dorfgemeinde gar nicht anders, als zusammen zu bleiben.

Der Übersichtspunkt

Nach der Erntezeit, wenn die meisten Dorfbewohner etwas mehr Zeit haben, versammeln sie sich auf einem Platz, von dem man fast überall hinsehen kann. Die Erwachsenen spielen Dame oder Mensch ärgere dich nicht, was wir auf berberisch Sieg nennen. Auf einem flachen Kaktusschild haben sie die Felder rechteckig markiert. Einer von ihnen zerkleinert eine Tonscherbe und fertigt davon zwölf Soldaten an. Die Gegenfiguren sind normale kleine Steine. Es gibt weder Bänke noch Stühle, man sitzt auf einem Stein oder einfach auf dem weichen Boden. Und wenn es jemanden gibt, der ein Taschenradio besitzt, sind alle froh, die Nachrichten hören zu dürfen.

Auf demselben Platz spielen die Jugendlichen Rennen, Ringen oder Zielstein: Wir stellen einen Stein in der Größe eines Handys irgendwo auf den Boden, markieren in einem Abstand von circa zwanzig Metern mit einem Stock eine Linie auf dem Boden, die beim Abwurf nicht überschritten werden darf. Dann werfen wir die Steine, einer nach dem anderen. Und wenn einer trifft, so wird gejubelt und getanzt in einer heißen Atmosphäre, ähnlich wie bei einem Tortreffer im Fußball. Wir spielten auch Fußball. Da wir aber keinen Fußball besitzen, nehmen wir alte

Kleidungsstücke und binden sie mit einer Schnur zu einem ballähnlichen Ding und spielen damit Fußball.

Die Mädchen tanzen in kleinen Gruppen einen biegsamen Tanz, einen Bauchtanz in Zeitlupe, und jodeln dabei, was so ähnlich klingt wie in Bayern.

Einsatz bei Schwierigkeiten

Die Armen, die Witwer, Witwen und die Kranken gibt es überall auf der Welt. Es geht ihnen nicht besonders gut, und deshalb werden sie auch in unserer Region von den großzügigen Dorfbewohnern unterstützt. Diese sorgen zum Beispiel dafür, daß sie eine leichte Arbeit bekommen. Im Monat des Ramadan muß es ihnen besonders gutgehen, jeder kennt ihre Lage. So fließt von allen Ecken menschliche Hilfe zu, meistens jedoch im verborgenen. Am Opferfest muß jemand ihnen ein Lamm spendieren, sonst wäre das ein Skandal für die ganze Gemeinde.

Sollte es einmal irgendwo brennen, besonders in der Erntezeit, versucht jeder, als erster einzutreffen, um zu helfen. In wenigen Minuten haben kräftige Leute das Feuer besiegt. Einen Überfall am Tage gab es noch nicht. Und zwar deshalb nicht, weil man die Fremden schnell erkannt hätte und weil unsere Wachhunde ständig im Einsatz sind. Sollte trotzdem tagsüber einmal ein Einbruch passieren, hat der Räuber kaum eine Chance zu entkommen, auch nicht mit leeren Händen. Sollte einmal in der Nacht jemand um Hilfe rufen müssen, dann bleibt keiner fern. Aber anstatt um Hilfe zu rufen, ruft man wörtlich: „O ihr Diener Allahs, herbei mit Euch!“

Entbindung

Ich habe schon am Anfang erwähnt, daß jede Wohnung in einer unübersichtlichen Ecke mit einem starken, an der Wand befestigten Entbindungshaken ausgerüstet sein muß. Am schweren Tag der Geburt wird etwa ein Turban daran festgebunden, woran die Frau sich festhalten kann, wenn sie auf einem Hocker oder einem Sack voll Gras oder Heu sitzt. So hält sie ihr Gleichgewicht und kann nicht umfallen. Nach Möglichkeit sollte eine Hebamme dabei sein, die das Baby empfängt und die Nabelschnur durchschneidet. Sie ölt dann den Körper des Babys mit Olivenöl ein und hüllt es in ein Wollstück. Die Hebamme sollte ziemlich alt und nicht schön sein, da sie meistens in der Nacht von ihrer Wohnung von Väter werdenden Männern abgeholt wird. Die Hebammen sind stolz darauf, daß sie es sind, die ein neues Kind begrüßen dürfen. Ab dem Moment der Geburt werden sie „Nabeloma" genannt und bleiben lebenslang mit dem Kind in Verbindung. Um sie von den leiblichen Großmüttern zu unterscheiden, hat man jenen Titel gewählt, oder man ruft sie in Verbindung mit ihrem Vornamen, zum Beispiel Oma Mannasch.

Dem neugeborenen Baby werden mit einer geflochtenen Stoffschleife die Arme von den Schultern herab bis einschließlich zu den Füßen gebunden – eine Puppe in Schneckenform. Es wird nur nach Bedarf gewechselt. Das Baby kann sich in den ersten sechs Monaten kaum frei bewegen in diesen sogenannten „Wickeln" oder „Wickeltüchern". Man mußte es in dieser Form tun, weil das Baby sonst keinen sicheren Schutz vor Wärme oder Kälte hätte. Das Baby wird von seiner Mutter waagerecht auf dem Rücken in einem Tuch getragen. Dort schläft es oder meldet sich, wenn es etwas möchte. Das klingt zwar unbequem, aber diese direkte Verbindung zum Mutterleib beim Stillen und auf dem Rücken Tragen ist seelisch und körperlich sicherlich gesund. Weil es einfach die Natur bestimmt. Kein Mensch kann wissen, was ein Baby durch den direkten Kontakt zum Mutterleib alles noch aufnehmen kann. Das Baby lebt sicherlich nicht nur von Milch und Tee allein. Melupa-Milch, Kinderwagen und die Kindermusik ernähren, tragen und beruhigen das Baby. Sie bleiben aber bis in alle Ewigkeit ein unzureichender Ersatz für das Baby.

In Marokko ist man sich darüber im klaren, daß Mutter und Kind während der Geburt und in den ersten Wochen danach Gefahren ausgesetzt sind, denn die Mutter kann leicht von Dämonen – was man hier vielleicht als Alpträume kennt, die durch Umstellung des Körpers verursacht werden – angegriffen werden. Deshalb schläft die Mutter sieben Tage nach der Entbindung nicht im Dunklen. Diese unsichtbaren, hin und wieder auch sichtbaren Dämonen können aber auch dem Baby schaden. Kurz vor der Entbindung trifft die Mutter einige Sicherheitsmaßnahmen, indem sie für sich und das Baby von einem Korangelehrten ein „*Hidjab*" (Schutz), ein zusammengefaltetes Papier, auf dem ein paar Koranverse stehen, schreiben läßt. Außerdem kommt für das Baby noch hinzu: ein kleines Muschelgehäuse, eine Silbermünze mit einem Anhänger und ein wenig hartes Salz, das alles zusammen in einem kleinen Stoffbeutel zusammengebunden an dem Wickelgurt hängt.

Ein Fall, über den man in Europa das Kinn hängen läßt: Unsere kräftige Nachbarin Luisa wußte, daß sie soweit wäre, ihr Baby zur Welt zu bringen. Es war aber Erntezeit, und ihr Ehemann war verreist. Die Ackerarbeit verrichtete sie allein. Sie nahm ein paar Stoffstücke mit zum Acker. Dort gebar sie ihr Baby, und zwar ganz allein. Sie wickelte es und legte es in den Schatten unter einen aufgestellten, gebundenen Grashaufen. Schließlich brachte sie es zu Fuß nach Hause zurück. Keiner von uns hat sich darüber gewundert, sondern es als ein normales Ereignis angesehen.

Dem Baby ging es sehr gut. Heute ist es ein Geschäftsmann in Europa geworden.

Beschneidung

DIE BESCHNEIDUNG gehört zu unseren religiösen Ereignissen. Im Islam wird es empfohlen, jedoch nicht vorgeschrieben. Die Marokkaner achten es sehr. Keiner würde es verpassen, seinen Sohn beschneiden zu lassen. Einige glauben, daß das Kind an seinem Beschneidungstag dem Islam übergeben wird. Für gewöhnlich geschieht dies bei Jungen im Alter von zwei bis vier Jahren. Den Termin für die Beschneidung muß man bekanntgeben, und eine Feier muß dabei stattfinden. Ähnlich wie bei einer Hochzeit, zwei Tage Tanz und Folklore. Für diese beiden Tage wird das Kind zum *Muley*, „Festherrscher", ernannt. Seine Hände und Füße sind rot vom Henna. Er muß nur eine *Abaa'a* (lange Kleidung) anziehen, so daß er für den Arzt frei bleibt. Die Fahne wurde bereits gebunden. Dr. Allal ist ein Bauer. Er übt die Arzttätigkeit nur nebenbei aus. Am zweiten Tag beschneidet er den Jungen. Sein Maulesel trägt die Werkzeugtasche, die er für die Beschneidung benötigt. Er macht gerne Hausbesuche, besonders bei den Beschneidungen. Er betritt das Haus und geht zu den Männern hinein. Die Frauen haben für die Zeremonie zu sorgen.

Nachdem er einen Tee getrunken hat, öffnet er seine Tasche und packt aus, was er benötigt. An eine Narkose denkt man nicht. Das Kind wird hereingebracht. Ein großer Familientonteller wird halb mit Wasser gefüllt, ein Ei kommt hinein, die Bambusfahne wird am unteren Ende im Teller festgehalten, und die Mutter steckt einen ihrer Füße weinend in den Tonteller. Der Junge beginnt zu schreien, die Frauen trommeln und singen um die Mutter herum, damit sie von dem für sie erschreckenden Ereignis abgelenkt wird und nicht so viel mitbekommt. Melodie und Gedicht sind immer dieselben:

„Der kleine geehrte Mann trete ein in den Islam der Propheten. Die Engel freuen sich auf ihn und schmücken ihn mit Henna.“

Die Engel sind auf berberisch weiblich. Zum Schluß wird etwas Geld gespendet, das erleichtert das Begleichen der Rechnung für die Feier.

Im Sterbefall

Ein Krankenzimmer muß besonders sauber sein. Im Islam wird viel Wert darauf gelegt, den Kranken zu besuchen. Deshalb halten sich auch viele Marokkaner nicht sehr lange bei diesem Besuch auf. In kurzer Zeit wurde die gesamte Gemeinde durch Mundpropaganda benachrichtigt, daß der oder die krank ist. Man sieht auch hier in Europa, daß marokkanische Patienten in Krankenhäusern die meisten Besuche bekommen. In einem Sterbefall muß jeder seine Arbeit niederlegen und sich um die Beerdigung kümmern. Angehörige brauchen nicht den Pickel und die Schaufel anzufassen. Das ist die Aufgabe der anderen Dorfmitglieder. Großzügige Nachbarn bringen Lamm oder anderes Fleisch zum Trauerhaus. Arme Nachbarn bringen etwas zu essen mit oder schenken mindestens zwei Kolben Zucker. Einen Tag nach dem Tod des Dorfbewohners liegen im Durchschnitt circa zweihundert Kilogramm Zucker in der Wohnung des Verstorbenen.

Die Leiche kommt nicht in ein Krankenhaus oder in eine Kühlzelle, sondern wird direkt von der Wohnung zum Friedhof gebracht. Damit wird nicht lange gewartet. Innerhalb von zwanzig Stunden wird der Tote begraben. Das kostet die Angehörigen ein weißes Tuch. Der Grabplatz steht jedem Verstorbenen kostenlos zur Verfügung. Bestattungsinstitute existieren dort nicht, da diese Aufgabe einfach ist. Den Sterbefall müssen die Angehörigen dann in etwa einer Woche den

Behörden melden. Eine rechtsmedizinische Untersuchung findet ausschließlich bei einem Verdacht statt. Aufgeschnitten wird nicht. Zwei Tage lang empfangen die Angehörigen geduldig die Besucher, die mit ihnen ihr Leid teilen. Beim Trauern spielt die Form oder die Farbe der Kleidung keine Rolle. Man zieht sich dabei nur nicht schick an. Nach vierzig Tagen treffen die weit entfernt lebenden Verwandten und Freunde zusammen, um des Verstorbenen zu gedenken.

Friedhof

Seit ich vierzehn Jahre alt war, konnte ich mich an den Aufgaben bei Beerdigungen beteiligen, weil es zu meiner Lehre gehörte. In Marokko ist das Totentuch weiß. Ich lernte damals, daß es mindestens drei Teile sein müssen: ein Hemd, eine Hose und ein Wickeltuch. Das Hemd ist nichts anderes als ein etwa 80 Zentimeter mal zwei Meter großes Tuch mit einer Öffnung für den Kopf in der Mitte. Die Hose ist ebenso ein ungenähter Rock.

Den Friedhof mußte die Gemeinde nicht kaufen, man wird kostenlos auf dem Friedhof begraben. Die großzügigen Bauern haben ihn gestiftet. Die Verstorbenen werden gewaschen und in das weiße Tuch gewickelt und ohne Sarg unter die Erde gebracht. Das Grab gehört ausschließlich dem Verstorbenen allein, und zwar unbefristet. In Ausnahmefällen, zum Beispiel für eine Erweiterung der Moschee, werden die zerfallenen Knochenreste verlegt. Für ein Grab wird zunächst ein Loch von etwa ein mal zwei Metern gegraben, das rund ein Meter vierzig tief ist. Der Verstorbene wird mit einer Schnur abgemessen, dann erst die Erde entsprechend für ihn noch einmal weiter ausgehoben. An der Kopfseite wird eine Stufe in Höhe von ein paar Zentimetern als Kissen gegraben, dann wird der Leichnam in trauriger Atmosphäre hinuntergelassen. Mindestens ein Koranleser muß dabei sein, der das Totengebet verrichtet.

Die in weiße Tücher gewickelte Leiche liegt auf dem Boden, in Marokko mit den Füßen nach Norden. Der Imam steht auf der westlichen Seite der Leiche mit dem Gesicht zur Kaaba – dem würfelförmigen Raum in der Mitte der Moschee von Mekka. Hinter dem Imam stehen die Trauernden. Der Imam eröffnet das Gebet mit „*Allahu akbar*“, Allah ist größer. Nach jedem „*Allahu akbar*“ betet er für den Verstorbenen. Insgesamt viermal *Allahu akbar*, dann zum Schluß beendet er das Gebet mit „*as salaamu aleikum*“ – Friede sei mit euch. Dieses Gebet wird nicht in beugender oder niederwerfender Haltung verrichtet, sondern ausschließlich stehend. Direkt nach der Beerdigung, solange der Verstorbene noch die Fußschritte der Angehörigen hört, soll er befragt werden. Er wird in seinem Grab von zwei Engeln befragt: „Wer ist dein Gott?“ Er muß „Allah“ antworten. „Was ist deine Religion?“ Er muß „der Islam“ antworten. „Was sagst du über den Mann (Mohammed), der zu dir gesandt wurde?“ „Mohammed hat uns die wahre Botschaft mitgeteilt“ usw.

Dort fängt das glückliche Leben an – oder das Gegenteil.

Nach der Beerdigung soll das Grab auf der Kopfseite mit einem mindestens zwanzig Zentimeter langen, stehenden Stein markiert werden. Seit ein paar Jahren stellt man dort statt dessen eine einfache, mit Namen geschriebene Marmortafel auf. Dieser Brauch ist ziemlich neu. Der Verstorbene soll bei seiner Beerdigung auf die rechte Seite gelegt und mit dem Gesicht zur Gebetsrichtung, auf arabisch *Qibla*, gerichtet werden.

Hin und wieder besuchen Verwandte und Freunde die Verstorbenen auf dem Friedhof. Dabei lesen die meisten von ihnen eine Sure aus dem Koran und beten zu Gott, um für die Verstorbenen um Vergebung zu bitten. Auch Blumen dürfen auf das Grab gepflanzt werden, die jedoch nicht viel helfen können. Im Islam soll jeder Friedhofsbesucher die Friedhofsbewohner mit „*as salaamu aleikum*“ grüßen.

Sufileben

ES IST KLAR, daß die meisten Sufimeister Hochgelehrte sind. Aber unter ihren Anhängern gab es viele Analphabeten, so wie meinen Vater. Diese Menschen fanden keine bessere Möglichkeit, sich mit dem Islam vertraut zu machen und Allah im allgemeinen wahrzunehmen, als durch die Angehörigkeit zu einem Sufiorden. Dadurch war mein Vater mit Ordensbrüdern aus dem gesamten Rifgebirge, aber auch aus Algerien, bekannt. Von den Büchern besaß er nur ein einziges Gedichtsbuch, das er nur schwer lesen konnte. Ohnehin kannte er die Gedichte vom Hören auswendig. Ein Wanderer der Sufis war stets unterwegs, auf den Beinen, besonders aber am Geburtstag des Propheten. Im Rif spricht man mehr vom Geburtsmonat als vom Tag der Geburt, weil man den ganzen Monat ehrt. *Aissaouiya*-Angehörige beginnen mit der Ehrung schon am Anfang des Monats *Rabii u aouual*, also elf Tage vor dem Geburtstag des Propheten Mohammad, *salla Llahu aleihi wa sallam* – Allah segne ihn und schenke ihm Heil. Jeder Beauftragte, ein *Mukaddam*, besitzt eine schwere Fahne aus Samt mit vergoldeter Schrift und einem geschmückten, gespitzten Kupferkugelkopf. Sie wandern mit der Fahne – zu fünft: *Mukaddam*, *Schauesch* (der Mann, der die Fahne trägt und sich um alle Sachen kümmert, die der Mukaddam benötigt), ein Trommelmann und zwei Trompetenbläser – durch die Dörfer, um ihre *Tariqat*, den Orden, bekannt zu machen und um Spenden dafür zu sammeln. Sollte jemand einen Wunsch an diesen Orden haben, und das sind meistens die Frauen, dann darf derjenige oder diejenige ein Kopftuch oder ein Leibband an die Fahne heften und dem Orden eine bestimmte Geldsumme oder ein Tier als Spende versprechen, wenn der Wunsch von Allah erfüllt würde. Jeder bekommt dann sein Tuch zurück. Bis zum Geburtstag des Propheten am zwölften des Monats wird die Fahne von Dorf zu Dorf immer schwerer. Am Geburtstag des Propheten sammeln sich sechzehn bis dreißig Ordensvertreter mit ihren Fahnen an einem gesegneten Grab. Um jedes Grab sind eine oder mehrere Aufenthaltsräume gebaut worden, und auf dem Grab ein Raum mit Kuppel. Alles weiß gestrichen. Jede Fahne bildet sozusagen die Spitze, hinter der sich Hunderte von Angehörigen und Freunden versammeln. Von hier findet ein vier Kilometer langer Zug statt, der vielleicht zwei Stunden dauert. Ältere Männer und Frauen, aber auch Jugendliche wie ich damals, begleiten diese Zeremonie tanzend mit Musik und Rhythmen zu einem anderen Grab. Während dieses Tanzes konnten wir einige Wunder erleben. Zum Beispiel verwandelten sich einige innerlich zu Kamelen, indem sie Kamelstimmen imitierten. Starke gestachelte Kaktusschilder wurden direkt von den Kaktusbäumen mit bloßen Händen stürmisch herangezogen und damit die Gesichter furchtbar verkratzt, Stachel drangen in die Haut. Die „Kamele" fraßen die furchtbar gestachelten Blätter weiter, wie es echte Kamele tun. Ich glaube, hier ist kein Platz für die Beschreibung von Wundern, sonst müßte ich einige Seiten damit füllen. Es hat mir viel Freude gemacht, mich an diesen Tänzen zu beteiligen.

Ähnlich war der *Moussaouiya*-Orden. Sie machten auch wunderliche Dinge mit dem Feuer oder mit Glasscherben, oder sie sprangen so hoch, wie sie konnten, und landeten mit dem Kopf auf dem harten Boden, ohne sich zu verletzen. Sie schlagen den Boden, und er schlägt sie nicht. Mit ihnen habe ich so viel gesungen, daß ich auch heute noch immer einige Gedichte im Kopf habe.

Die Angehörigen des *Darkaouiya*-Ordens tanzen rhythmisch geschlagene Tänze im Kreis. Es gibt noch viele andere Sufi-Orden: *Alaouiya*, *Kadiriya*, *Nsiriya*, *Tijaniya* usw. Aber ich möchte hier nicht über die Grenze meiner Gemeinde hinaus erzählen. Für einen Ordensangehörigen ist es sehr wichtig, den Geburtstag des Propheten mit den Brüdern gemeinsam im Ordenszentrum zu feiern. Da ist es dann ganz leicht, mit den anderen Brüdern, die man noch nicht kennt, in ein Gespräch zu kommen. Es macht es so auch leichter, andere abgelegenere Dörfer zu besuchen. In unserem Dorf gibt es Männer und Frauen, die verschiedenen Ordensgemeinschaften der Sufis angehören. Sie kommen ohne Schwierigkeiten miteinander aus.

Mein Vater, geboren wahrscheinlich 1903, gestorben 1996, war ein Alaouiya-Angehöriger. Er hat ein paar Mal in den zwanziger und dreißiger Jahren Scheich Al Alaoui in Mustaganem, Algerien, besucht, hat von ihm und dann von seinen Nachfolgern die *Bai-a*, den „Anschluß", genommen. Er hatte viele Freunde von anderen *Turuq*, Orden, gewinnen können, aber von der eigenen Tariqat noch mehr.

Schon Ende der fünfziger Jahren hatte meine Familie eine neue Wohnung, ein Haus, selbst gebaut. Da lebten die Eltern und zwei verheiratete Söhne. Ich, der noch ledig war, besaß ein Zimmer mit noch einem Türchen direkt nach außen. Die Beherbergung von Gästen fand darin statt. Der *Mukaddim*, der Betreuer der Tariqatangehörigen, der uns im Durchschnitt vielleicht zweimal im Jahr besucht hatte, unterhält sich mit meinem Vater auf einer spirituellen Ebene, so daß ich sie manchmal kaum verstehe. Diese Unterhaltung nennt sich *Modhakarah*: sich gegenseitig erinnern. Gegen Mitternacht stellt mein Vater dem Gast für das Ritual der Waschung (*Wudhu*) am kommenden Morgen etwas Wasser hin und geht schlafen. Der Gast schläft bei mir. Nach etwa drei Stunden steht er leise auf, macht *Wudhu*, betet ein paar *Rak'aat*, Gebetseinheiten, und gibt sich in dem Gebet seinem Herrn hin und wiederholt in Zimmerlautstärke: „Aaaaaallllaaaaaaaaaaahh", vielleicht hundert Mal. Damals brauchte man für diese Anrufung eine Sondererlaubnis, weil nicht jeder in der Lage ist, deren Wirkung zu ertragen. Schließlich betet er mit erhobenen Händen teils auf arabisch, teils auf berberisch: „O Allah, Du bist mein Herr, Du hast mich erschaffen, und ich bin Dein Diener. Ich versuche den Bund zwischen mir und Dir aufrechtzuerhalten, so gut ich kann. Ich nehme meine Zuflucht zu Dir vor all den Übeltaten, die ich begangen habe. Ich erkenne all Deine Gaben (Gnaden) sowie meine Sünde an. Vergib mir! Da keiner da ist außer Dir, der mir die Sünden vergeben kann." Bei der Morgendämmerung kommt mein Vater und betet dann mit ihm das vorgeschriebene Morgengebet gemeinsam.

Gräber der Heiligen

ICH HABE mit dem Wort „heilig" ein großes Problem. Man nimmt das arabische Wort „*qudduus*" für „heilig". Was das hochwertige Wort alles auf deutsch bedeuten kann, ist mir nicht hundertprozentig klar. Ich darf es weiter polieren, ja, aber nicht überall hinschieben. Zum Beispiel, „heiliger Geist", ja, aber „heiliges Grab" oder „heiliger Krieg"? – Nein und nein. Ich finde im Moment aber keinen Ersatzbegriff dafür. Die Mystiker nennen ein geehrtes Grab „*Dharih*", zum Beispiel: Dharih von Sidi Badaoui oder Scheich Al Alaoui.

Die Wohnung des Propheten Mohammad, Allah segne ihn und schenke ihm Heil, lag unmittelbar neben seiner Moschee in Madina. Als er starb, nahmen die Gefährten seine Matratze zur Seite und begruben ihn an dieser Stelle in seinem Krankenzimmer.

Seit die Moschee erweitert werden mußte, befindet sich sein Grab in ihrer Mitte. Dann lagen neben ihm zur östlichen Seite die Gräber von Abu Bakr und Omar. Wir sehen heute noch dort eine große Kuppel über dem Propheten und über Abu Bakr und Omar. Diese drei Gräber wurden innerhalb der Moschee von südlicher Seite mit einem vergoldeten Gitter getrennt und mit Verehrungsschriften geschmückt. Die restlichen drei Seiten wurden mit Wänden dichtgemacht.

Der Bau über den Gräbern war nicht auf den Propheten beschränkt, sondern auch die hochgeehrten Moslems sowie die Sufimeister (Scheichs) und einige Könige bekamen Kuppeln über ihre Gräber zur Erkennung und Anerkennung. Fast alle Scheichs sind in ihren Aufenthaltsräumen in den Zentren begraben, und viele werden auch durch Kuppeln verehrt. Herrlich dabei, daß die Gesänge durch das Echo der Kuppeln mehrfach besser klingen und zusätzlich Ehrfurcht hervorrufen.

Viele Sufis besuchen aus verschiedenen Gründen diese Gräber. Sie glauben zwar, daß Gott überall zu suchen ist, aber zu bestimmten Zeiten und an bestimmten Orten nehmen sie Gott mit mehr Bewußtsein wahr und haben mehr Hoffnung, ihre Gebete erfüllt zu bekommen, weil solche Orte bestimmt mit viel Segen verbunden sind. Sie glauben sogar, daß diese Grabbesitzer sie hören oder vielleicht sogar antworten können. Denn der Tod ist nicht Vernichtung, sondern ein Übergang vom niedrigen zu einem unbegrenzten Leben, in dem ein Gläubiger mehr als millionenfach besser hören, sehen, schmecken, gehen und auch beten kann. Daher glauben wir fest daran, daß die sogenannten *Aouliyya,* „diejenigen, die Gott nahe sind“, im Jenseits mehr Möglichkeit haben, für uns etwas zu erbitten. Die im Diesseits begrenzten Möglichkeiten sind dort unbegrenzt und offen. Denn die Grabesbesitzer leben in einer anderen Form, die viel besser ist als die unsere. Wir glauben nicht, daß sie in dieser Welt etwas ändern können, aber für uns beten können sie doch. Es gibt Fälle, in denen kein Arzt etwas helfen kann, zum Beispiel bei einer Besessenheit durch Dämonen – geistiger Gestörtheit. Diese Patienten besuchen in erster Linie einen *Wali,* eine Person, von der man glaubt, sie/er habe einen hohen Grad göttlicher Erfahrung erreicht, und bei solchen Besuchen wird am meisten geholfen.

Ich möchte an dieser Stelle etwas erzählen, das auch mit „Heiligengräbern“ zu tun hat, ohne zu erwarten, daß mir ohne weiteres geglaubt wird. Es ist aber wichtig zu wissen, wie der

Glaube eines Berbers geprägt ist. Meine zwei älteren Brüder und eine meiner Schwestern erzählten mir/uns im einzelnen das nachstehende Geschehen:

Eines Tages waren mein Bruder und sein Freund Said, der auch in unserem Dorf etwa vierhundert Meter von uns entfernt wohnte, auf der Rückreise von Algerien nach Marokko. Die beiden waren ungefähr neunzehn Jahre alt. Sie mußten zum Teil zu Fuß gehen. Außerhalb von Telemsan, Algerien, trat Said auf einen jungen Igel, wobei er sich erschreckt hatte. Er bekam eine Art Hirnschlag, durch den er immer wieder umfällt. In manchen Fällen kratzt er sich furchtbar oder in anderen beißt er sich in die Arme, so daß von seinem Hemd Teile abgerissen werden. Mein Bruder begleitete Said von Telemsan nach Hause in Marokko, eine Strecke von etwa dreihundert Kilometern, die man in ein paar Tagen schafft. Said war trotz seiner Dämonen lustig, wenn sie ihn zeitweilig in Ruhe ließen. Er mußte behandelt werden oder, genauer gesagt, gegen Dämonen geschützt werden, bevor es zu spät sein würde. Der Mann unserer Region war und ist Sidi Ali u Ali, der sein Grab in der Nähe des Wochenmarktes hat. Man nennt Männer wie Sidi Ali u Ali *Ardschal leblad*, „die Ortsmänner“, weil sie für ihre Region zuständig sind, bei Schwierigkeiten im Einsatz zu sein. Also, Said soll Sidi Ali u Ali besuchen, um von den Dämonen befreit zu werden. Der Imam (Vorbeter), seine ganze Familie, vielleicht fünf Personen, und vielleicht vier Personen von meiner Familie sind mit dabei. Sie nahmen eine junge Ziege als Opfer und einige Lebensmittel mit und gingen mit den Eseln zu Sidi Ali u Ali. Das war ein Dienstag, und meine beiden Brüder kamen auch mit.

Das Grab mit seiner Kuppel liegt mitten auf dem Friedhof, der einen Umfang von rund siebenhundert Metern hat. Said läuft innerhalb des Friedhofs noch selbständig zu Fuß. Die Gräber sind sehr alt und zum Teil durch Fußgänger beschädigt, weil die wild gewachsenen Dornensträucher den krummen Weg bestimmen, so daß man auf manche Gräber treten muß, bis es nur noch circa hundert Meter sind. Mein Bruder paßt auf Said auf. Er steht plötzlich still, macht ein sehr komisches, ängstliches Gesicht und betrachtet erstaunend die Kuppel. Mit einem kurzen lauten Heulen fällt er mit dem Nacken auf den Boden, dann will er keinen Schritt mehr weiter gehen. Die kräftigen Männer tragen ihn zu dem Grab.

Der Imam muß die arme junge Ziege opfern, das heißt schlachten. Sie meckert, und ihre Stimme ist so laut, daß die Anwesenden Mitleid mit ihr haben, aber anders geht es nicht. Der Imam schreit sehr anklagend: „O Sidi Ali u Ali, wir sind bei dir zu Gast und befinden uns in deinem Schutz (vor Dämonen)!" Mit dem Ruf „*bismillah Allahu akbar*" wird die Ziege geopfert. Blut ist geflossen, und das ist der Kern des Besuchs. Said konnte den Schrei der Ziege nicht ertragen, die für ihn sterben mußte. Er regt sich auf und versucht, jemandem oder sich selber zu schaden. Rasch wird er festgehalten. Mehr als ein Stück Stoff von dem Ärmel seines Hemdes abzubeißen, kann er nicht tun. Die Kollegen legen den Bewußtlosen neben das Grab. Der Imam kommt zu ihm und beginnt eine lange Koransure zu rezitieren, wobei meine beiden Brüder anwesend sind. Er muß aber plötzlich die Rezitation unterbrechen und seinen Arm halten. „Aiii aii, der dreckige Kerl hat mich geschlagen", sagte er. (Ein Teufel wollte zurückschlagen, weil Koranrezitation ihn verbrennt). Er setzt seine Rezitation fort und massiert seinen Arm ab und zu.

Mein älterer Bruder übernimmt solange die Aufsicht über seinen bewußtlosen Freund, bis er zu sich kommt. Nach ein paar Stunden wacht Said auf, setzt sich hin und bittet meinen Bruder, einen Dorn aus seiner Hand zu entfernen, der in die Haut eingedrungen ist, und dabei meinte er zu ihm, er sei wieder gesund. „Woher weißt du das?" fragt der Bruder. Er erzählte ihm: „Während ich hier lag, war ich in einem Land gewesen, das ich nicht kenne. Ich wurde von Leuten, die ich ebenfalls nicht kenne, zu einem Gericht gebracht. Sie sprachen eine fremde Sprache, von der ich kein Wort verstand. Dann tauchte ein

Mann in Uniform auf, ein Offizier, und verteidigte mich bei den Richtern. Ich habe mich gewundert, woher er mich kennt und warum er das für mich macht. Nach langer Diskussion kam er auf mich zu, hielt meinen Arm fest und sagte wütend zu mir: „Du bist frei. Du brauchst nie hereinzukommen. Raus mit dir“, warf mich da raus, und dabei bin ich aufgewacht.

In Europa klagen auch geistig verwirrte Personen über so ähnliche Ereignisse. Der Unterschied dabei ist, daß man sie in Europa rein medizinisch behandelt, weil man es nicht anders gelernt hat, und in Marokko pendelt man zwischen der Wunderkraft und den Ärzten.

Saids Geschichte stellt auch eine Verbundenheit der berberischen Gemeinschaft auf einer anderen Ebene dar.

Die Ackerarbeit

Jeder Bauer bemüht sich, seinen mähreifen Acker so schnell wie möglich fertig zu ernten. Denn es gibt unerwartete, unerwünschte Naturereignisse: Gewitter, starken Wind, Feuer oder zum Schluß freigelassenes Vieh. All das kann die ganzen Bemühungen zunichte machen. „Die Karawane muß aber einen Letzten haben“ – wo die Weizenähren auf einem Acker aus dem einen oder anderen Grund noch auf die Sicheln warten. Jeder Bauer hat sich mit dem eigenen Acker beschäftigt und die ganzen Monate über nicht mehr die Gelegenheit bekommen, sich an einer Dorfversammlung zu beteiligen, sich erneut wieder „auf den Gleisen zu halten“: seine Existenz als lebendiges Dorfmitglied weiter zu bestimmen, neue Informationen aufzunehmen, seine Zugehörigkeit zum Ausdruck zu bringen, seine Seelenzuneigung zu bestätigen. Doch der Anlaß ist schon da, all das zu verwirklichen. Nämlich der Acker, für den der reiche Bauer des Dorfes ohne Hilfe noch ein paar Tage oder Wochen braucht, um ihn fertig zu mähen.

Der Ackerbesitzer fängt an, mit seinen zwei kräftigen Söhnen daran zu mähen. Drei Dorfbewohner tauchen unaufgefordert bei ihnen auf. Sie mähen mit und machen dabei absichtlich ein wenig Geräusch, indem sie etwa jodeln. Sie wollen so die anderen Dorfmänner darauf aufmerksam machen, daß hier ein sogenanntes *Thwisa*, eine einmalige unentgeltliche Hilfsaktion, stattfindet. Einer nach dem anderen der Männer, die es wahrgenommen haben, beteiligen sich daran. Eigene nicht dringende Angelegenheiten ist jeder bereit, dafür liegen zu lassen. Die Sichelfront wird immer länger und dichter. Ein Spaßvogel, der nicht kräftig zu sein braucht, muß mit dabei sein. Er sorgt mühelos dafür, daß die Beteiligten durch seine Witzlieder viel zu lachen bekommen und die harte Arbeit zum Spaßfeld wird. Der Acker schrumpft nach und nach in sich zusammen, und in ein paar Stunden ist er schon Bände geworden. Die Hand Allahs ist mit der Gemeinde. Der ältere Sohn hat inzwischen dafür gesorgt, daß es abends nach dem Feierabend im Feigengarten oder einfach im Freien Milchcouscous und Pfefferminztee gibt, für den die Frauen zuständig sind. Dann werden sie bis in die Nacht die gewohnte Unterhaltung genießen. Sollte der Imam, der Dorfvorbeter, dazu eingeladen werden, dann pendelt die Unterhaltung von der spirituellen Ebene bis zur äußersten Kante legaler Witze hin und zurück. Die Bauern können bei solch einer Zusammenkunft vereinbaren, wer wann sein schon gedroschenes Heu aufstellen läßt; dies sollen nicht mehrere am selben Tag tun.

In jedem Dorf muß es einen geben, der am meisten Erfahrung in der Aufstellung hat und automatisch zum Leiter bestimmt wird. Er allein muß darauf achten, daß der Heuhaufen stabil wird und die beste Form bekommt. Er darf bei großen Mengen die Form eines Eselsrückens einnehmen oder bei kleinen Mengen rund sein wie eine Schlömpfenhaus. Er darf später weder umkippen noch vom Regenwasser eingedrückt werden können. Damit er bei starkem Wind unbeweglich bleibt, setzt man auf seine Spitze einen starken Seilring in Ellenbogengröße, an den von allen Seiten circa hundert Schnüre gebunden werden; dann werden Steine in Hundekopfgröße drangehängt.

Das sind die Ereignisse, die die Jamaa'at-Mitglieder miteinander verbinden. Diese menschlichen Gewohnheiten fangen heute langsam an auszusterben, weil die heranwachsende Generation, die mehr von der Außenwelt beeinflußt wird, kaufmännisch handeln will. Mit anderen Worten: Heute will keiner mehr was geben, ohne dafür etwas genommen zu haben.

Schlechte Angewohnheiten

Ich möchte über einige schlechte Angewohnheiten berichten, an denen ich mich leider teilweise beteiligt habe: über den Jugendkrieg, den Umgang mit Vögeln, den Brautskandal, die sexuelle Freizügigkeit, über den schadenden Stolz, die Schattenseite der Raucher und den Tierkampf.

Jugendkrieg

Bis zum Alter von etwa vierzehn Jahren machte es uns Spaß, einen sogenannten Krieg zu führen. Ich ging in die Moschee des Nachbardorfes, um dort den Koran besser zu lernen. Meine Moscheekameraden habe ich angefeuert, sich ständig in Alarmbereitschaft zu halten, um gegen die Jugendlichen meines Dorfes einen „Krieg" zu führen. Ich habe in dem traditionellen „Krieg" auch meine Rolle gespielt.

Die Beziehung zwischen beiden Dörfern war nicht immer gut. Die Jugendlichen aus beiden Dörfer kannten sich nicht so gut und bauten eine Art Distanz zueinander auf, so daß es leicht zu Konflikten kommen konnte. Solche „Unruhe" konnte ich damals kinderleicht stiften. Es machte uns allen viel Spaß, einen Krieg zu führen, bei dem keiner zurückbleiben würde und an dem auch ich mich beteiligte, wobei ich gegen meine Moschee-Kameraden kämpfen sollte. Also Dorf gegen Dorf. Jeder Junge schneidet sich Agavenblätter vom Stamm ab und zieht die weißen, starken Fäden, das Agavengewebe, heraus, aus denen er eine Steinschleuder flechtet. Das war die einzige Waffe für die „Front".

Der beste Kämpfer war der Führer. Unser Anführer war Hassan, zwanzig Jahre alt – wir hatten ihn spontan zum Kommandanten berufen. Es gab nur eine Reihe, und er nahm die Position in der Mitte ein. Unsere Schleudern knallten, und jeder Kater wurde zu einem Löwen. Am Anfang versuchten beide Seiten, mit Schimpfwörtern und Lärm den anderen Angst zu machen. Wir knallten mit unseren Steinschleudern. Je mehr geknallt wurde, um so schöner klang der Lärm. Und jeder dachte: „Mir kann nichts passieren, die anderen decken mich." Auf dem Boden gibt es mehr Steine als Erde. Es wurde Ernst. Ich stehe auf der Seite der Jungen meines Dorfes und kämpfe mit aller Kraft gegen meine Moschee-Kameraden. Die Steine flogen mir um die Ohren, aber ich mußte tapfer weiterkämpfen in der Hoffnung, zum Schluß als Sieger jubeln zu können. Immer mehr beteiligen sich am Krieg. Die Front wächst auf etwa hundertfünfzig Meter auf beiden Seiten an. Der Abstand zum Gegner wird auf fünfzig bis hundert Meter geschätzt. Mit einem Schleuderschuß kann man auf bis zu zweihundertfünfzig Metern weit treffen. Allzu leicht wurde jemand verletzt, der dann aber trotzdem noch weiter kämpfen wollte. Von allen Seiten hörte man Courage-Rufe.

Irgendwann wird eine Seite schwächer und muß sich zurückziehen, besser gesagt, muß fliehen, und der Sieger jubelt. Es gab keine andere Möglichkeit oder Sportart, womit sich beide Dörfer hätten messen können. Das war nichts Ungewöhnliches. Einen Tag später sind meine Moschee-Kameraden keine Feinde mehr, und ich kann irgendwann wieder mit ihnen vereinbaren, wann und wo der nächste Kampf stattfinden soll.

Vogelmißbrauch

IM HERBST besuchten uns verschiedene Arten von Gastvögeln und ließen uns ihre Melodien genießen. Die kleinen Spatzen nahmen uns nichts weg. Anstatt zu versuchen, mit ihnen in Harmonie und Frieden zu leben, habe ich sie und andere mißhandelt, indem ich Kaktusschilder nahm und daraus Vogelfallen bastelte. Ich schnitt einen Kaktusschild ab, rieb die gefährlichen Stacheln mit einem Stein weg und schnitt zwei Löcher in die Mitte, so groß, daß die Finger hindurchgehen konnten.

Die Ameisen hatten schon in ihrem Haus ihre geflügelte Brut bekommen, die bald ausfliegen und nie wieder zurückkommen sollte. Im späten Herbst warten sie auf den Regen, der die Erde weich macht, so daß sie sie öffnen können. Mit einem Pickel grub ich einige geflügelte weibliche Armeisen aus, aus denen ich Lock-Ameisen machte. Drei von ihnen werden mit einem Nähfaden angebunden und in die beiden Löcher des Kaktusschildes gehängt. Ein kleines Loch in Vogelnestgröße ist bereits auf dem Boden gemacht worden, ein Gabelast ist vorhanden. Das Schild kommt senkrecht an den Rand des Loches, ein kleiner Stab spannt mit seiner Spitze die Ameisen von der inneren Seite über das Loch, die Gabel drückt den Stab an der oberen Seite nach hinten. Der Vogel zieht die Beute nach unten – und schon ist er drin in der Falle. Dann wird mit dem armen Spatz gespielt, ohne wahrzunehmen, daß es ihm weh tut, er wird in einen Käfig gesperrt oder sogar zum Grillen getötet. Manchmal läuft das ganze Unternehmen schief: entweder ißt der ahnungslose Spatz das ganze Futter und die Falle springt nicht zu, dann muß ich den ganzen Vorgang wiederholen, oder er hüpft die ganze Zeit um die Falle herum, ohne sich für das Futter zu interessieren. Manchmal verbringe ich einen ganzen

Herbsttag, ohne einen einzigen zu fangen. In solch einem Fall kriege ich so eine Wut, daß ich die unschuldigen Spatzen sogar hasse, mit der Begründung: Sie haben sich geweigert, anzubeißen. Gleichzeitig liebte ich sie sehr, weil sie sehr hübsch aussehen, schöne Stimmen haben, uns nichts wegnehmen und die Natur verherrlichen. Zusammengefaßt: Ich hatte sie getötet, weil ich sie geliebt habe. Heute nehme ich diese Erfahrung als Maßstab für sogenannte „Haßliebe".

Eine andere Sünde war, wenn die Gastvögel im Frühling ihre Nester bei uns bauten, daß wir die Eier herausnahmen und mit ihnen spielten. Gott vergebe uns.

Der Brautskandal

Es ist klar, daß ein berberisches Mädchen niemandem sein Herz schenken darf, mit dem es nicht verheiratet ist. Die Juristen müssen vor der Eheschließung unbedingt wissen, ob das Mädchen ledig und noch versiegelt ist oder nicht. Die Brautgabe (auf arabisch: *sadaq*) des Ehemannes wird darauf beruhen, daß das Mädchen nur einen Anspruch darauf hat, wenn die Angaben stimmen. In der ersten Hochzeitsnacht muß die Braut ihre Vertrauenswürdigkeit, ihre Versiegelung beweisen. Das weiße Bettuch muß zahlreiche rote Flecken bekommen. Wenn am frühen Morgen die Tante an die Tür klopft und fragt: „Wie geht es euch?", weiß sie genau, was sie will: Sie will sich das Tuch ansehen. Sollte dies in Ordnung sein, rote Flecken haben, dann darf der Bräutigam seine Schwiegereltern beruhigen. Er tut dies, indem er mindestens eine Knallrakete zündet. Dann holen die Frauen der Seite des Bräutigams einen Jungen, der der Braut ihren Leibgurt bindet. Und über diese Freude feiert man noch sieben Tage. Sollte der Bräutigam aus irgendeinem Grund seine Stabilität vermissen, muß die Braut ihr Leibband so lange liegenlassen, bis sich der Tuchtag ereignet. Sollte sie aber bereits irgendwann vorher ihren Stolzring verloren haben, dann kann der Bräutigam den Ehevertrag gesetzlich wieder auflösen. Und die Frau hat weder auf die Brautgabe noch auf den Aufenthalt beim Mann Anspruch. Der Bräutigam ist berechtigt, und einige fühlen sich sogar verpflichtet, sie bedingungslos abzuschieben. Sie wird dann aber nicht mehr als die Tochter von gestern angesehen, sondern als ein Skandal für die ganze Familie. Ich muß dazu sagen, daß dieses ganze Durcheinander sehr wenig vom Islam geprägt ist. Es ist vielmehr ein Zeichen grenzenloser Eifersucht, die sich die Berber mit der Zeit einander diktiert haben. Wir merken, daß in den letzten zehn Jahren die meisten es verweigern, das Tuch zu zeigen. Sie legen keinen Wert mehr darauf, in solch einer Sache eine traditionelle Einstellung zu zeigen.

Der schadende Stolz

Ein Ehebruch durch die Frau führt zur Scheidung, auch wenn sie zehn Kinder haben sollte. Der Ehemann darf dies auf keinen Fall verzeihen, da es sonst heißen würde, er habe das gern. Wenn aber ein verheirateter Mann einen Ehebruch begeht, mit einer anderen Frau schläft, ist es ein Skandal, aber scheiden lassen muß sich die Ehefrau deshalb nicht. Man ist der Meinung, daß vor allem die Frauen treu und vorsichtig sein müssen. Ein Mann sei aber kaum in der Lage, ein heißes Angebot abzulehnen. Um den großen Ärger einer Scheidung zu verhindern, die die ganze Familie zerstören kann, muß der Ehemann am besten schrecklich eifersüchtig sein. Man darf den Namen seiner Ehefrau nicht in der Öffentlichkeit nennen, auch nicht in ihrer Abwesenheit. Also lieber sogar das Wort „Frau“ – auf berberisch *Thamgharth* – vermeiden und ebenso, überhaupt an eine verheiratete Frau zu denken. Wenn es doch nötig sein sollte, dann nimmt man statt dessen symbolische

Begriffe. Man sagt zum Beispiel „deine Kinder“ und meint damit „deine Frau“, auch wenn man keine Kinder hat, oder „dein Zuhause“ oder „er hat uns in Begleitung seines Zuhauses besucht.“ Oder „sie besuchen sich gegenseitig mit allem“. Oder „er hat eine vernünftige Wiese“. Es gibt dafür noch andere Möglichkeiten. Zum Beispiel „*Hurma*“ oder „*Khaliqa*“. Ganz unproblematisch ist es, das Wort „Ehefrau“ auf hocharabisch zu verwenden: „*Saudschat*“.

Sollte der Ehemann seine Frau irgendwohin mitnehmen, so muß sie zehn Meter hinter ihm herlaufen. Er hätte es nicht so gern, in Anwesenheit seiner Frau begrüßt zu werden. Das kann ein normaler Mensch wie auch ein Hochgelehrter sein. Sie haben es von ihren Vätern übernommen. Versucht einer, sich anders zu verhalten, so wird seine Identität von der zusammenhaltenden Gemeinde in Frage gestellt. Ich kann dafür Verständnis haben, wenn mein Freund Klaus meine Frau mit Handschlag begrüßt, aber nicht, wenn es Hassan täte. Viele deutsche Organisationen, wie die Diakonie, das Jugendamt, AWO, Schulen, können unser traditionelles Erbe nicht abschätzen und bieten unseren Frauen internationale Straßenfeste an, wo sie mit fremden Männern in Berührung kommen können, was unsere Frauen nicht gerne tun.

Ich meine: Die Marokkaner aus der Region Nador haben ihren Frauen fast alles verboten. Die deutschen Frauen haben sich fast alles erlaubt. Um es zu vergleichen: Eine Frau aus Nador darf nicht einmal in ein Café gehen. Eine Frau aus Düsseldorf darf ohne weiteres in eine Diskothek gehen und mit einem fremden Mann tanzen, den sie nicht kennt. Für viele ist FKK kein Thema mehr. Der goldene Mittelweg wurde noch nicht gefunden.

An dieser Stelle fällt mir ein weiterer Nachteil für die marokkanischen Frauen ein: Sollte der Ehemann sterben, dann wird von der hinterlassenen Frau im besten Alter erwartet, daß sie die Kinder versorgt und nach Möglichkeit nicht wieder heiratet.

Die verwitweten Frauen, die es trotz der Kinder tun, seien, so glaubt man, nicht ganz bei Verstand. Noch schlechter behandelt werden die älteren Damen ab vierzig Jahren. Diese sollen den Stolz der Verwandten, der Kinder und der Enkelkinder hüten und nicht mehr an einen Mann denken. Aus diesem Grund und dazu noch großer Schamgefühle wegen sind viele Witwen zu schüchtern, wieder einen neuen Mann zu heiraten, und ertragen es, ohne Mann zu leben. Die meisten werden von den Verwandten manipuliert, besonders von den erwachsenen Söhnen, es sein zu lassen. Aus diesem Grund haben es die verwitweten Männer ab fünfzig Jahren sehr sehr schwer, eine gleichaltrige Frau zu finden, die sie heiraten würde. Dabei bleibt ihnen keine andere Wahl, als eine jüngere Frau, vielleicht sogar im Alter unter zwanzig Jahren, anzunehmen, was mit vielen Risiken verbunden ist.

In der letzten Zeit merken wir eine positive Änderung. Die Zivilisation dehnt sich in allen Teilen des Königreichs aus, so daß die Frauen durch die Schule und das Fernsehen klüger geworden sind. Aber diese berberische Einstellung ist das Ergebnis der „großen Eifersucht" und braucht noch ein paar Generationen, bis sich die Söhne für die Heirat ihrer Mutter nicht mehr schämen. Ich meine, die erwachsenen Kinder sollten vor allem in der Lage sein, die Wiederheirat ihrer Mutter zu unterstützen.

Sexuelle Freizügigkeit

Haddou, fünfundvierzig Jahre alt, ist verheiratet. Seine Frau hat sechs Kinder und wenig Zeit für ihn. Haddou beobachtet sehr vorsichtig die vierzigjährige verheiratete Saadiya aus einem Abstand von fünfhundert Metern. Er hat den Verdacht, daß sie es bemerkt hat. So hält er sich länger in seinem für sie einzusehenden Feigengarten auf. Saadiya ist unruhig geworden. Ihr Ehemann arbeitet irgendwo und kommt erst nach ein paar

Monaten nach Hause. Sie darf sich auf keinen Fall für die anderen auffällig benehmen. Immer wieder muß sie etwas in ihrem Garten suchen. Zu Haddou schauen oder mit der Hand schwenken darf sie nicht. Badra, eine sechzigjährige Witwe, darf beide Familien besuchen, und ein paar Tage braucht sie, um die beiden diskret zusammenkommen zu lassen. Saadiya will mit ihm alles in Ruhe und diskret planen. Tagsüber dürfen sie sich nicht blicken lassen, aber nachts treffen sie sich. Ich will damit sagen, daß es in Marokko auch viel sexuelle Freizügigkeit gibt, aber in anderer Art und Weise. Und das gehört zu den sehr riskanten Ereignissen. Darüber hinaus kenne ich einige ältere gläubige Leute, die wegen solcher Sünden hinterher jahrelang weinen müssen.

Es gibt zwischen Marokko und Deutschland in der Methode, wie ein fremder Mann und eine fremde Frau sich kriegen, einen riesigen Unterschied. Es gibt viele Fälle, in denen sich die Marokkaner ein falsches Bild von der europäischen Frau machen. Sie, die deutsche Frau, sei in ihrer Sicht sehr leicht für Abenteuer zu haben. Ein Beispiel: Ich war einmal auf einer Tagung, an der sich eine hübsche deutsche Frau beteiligte. Bei einem spannenden Gespräch ließ sie mich wissen, daß sie die Moslems nicht mag, weil sie sie während ihres Urlaubs in einem nordafrikanischen Land dauernd sexuell belästigt haben. Ich sage: Das kommt von den falschen Informationen bei beiden Parteien. Sie wußte nämlich nicht, daß eine Frau in Marokko oder in Ägypten nur in Begleitung – wenigstens von einem Kind, als Schutz vor eventuellen Belästigungen oder Verdächten gegen sie selber – spazieren gehen soll. Außerdem soll die Frau nicht mit nackten Schultern in die Öffentlichkeit gehen. Es ist klar, daß Mann und Frau sich gegenseitig anreizen, weil Gott sie so geschaffen hat, und sie kämpfen sogar ein wenig dagegen. Manchmal ist die Anziehungskraft zu stark oder der Mensch zu schwach, dann geben sich einige schon hin. Die Dame hätte nicht vergessen sollen, daß es in islamischen Ländern wenige wahre Moslems gibt, aber viele weiße Füchse, wie es aber auch in Europa wenige wahre Christen gibt, wo die Religion nicht mehr viel zu verantworten hat. Nach arabischer Gepflogenheit begrüßt die Ehefrau sogar nicht einmal den männlichen fremden Gast, so wie der Mann den weiblichen fremden Gast nicht begrüßen darf. Meistens bringt der Gastgeber das Essen selber für den männlichen Gast herein. Aber für einen weiblichen Gast muß die Frau das tun.

Nun haben die islamischen Länder die Möglichkeit, die europäische Einstellung wahrzunehmen. Die in Deutschland lebenden marokkanischen Arbeitnehmer haben in Deutschland sehr wenig Möglichkeiten, in ein normales Familienleben hineinzuschauen, wohl aber in Schwimmbäder, Kneipen, Discos, Altstädte. Bei der Rückkehr in das Heimatland erzählen sie dann unter anderem, daß es in Deutschland viele Hallenbäder gibt, wo man schöne blonde Frauen gemischt mit Männern im selben Becken schwimmen sieht, die keine Schüchternheit kennen. Viele von ihnen verlieben sich sogar in Marokkaner, die sich als ledig vorstellen. Diese ahnungslosen Frauen können sich nicht vorstellen, daß ein zwanzigjähriger marokkanischer Knabe schon verheiratet ist und vielleicht Kinder hat. Die Discos mit Sexschau sind für jeden offen, wo man auch viele verheiratete oder ledige Frauen findet, die mittanzen oder sogar mehr tun würden. Dort braucht man nicht schüchtern zu sein, weil so etwas normal ist. Völlig normal.

Das war in den siebziger und achtziger Jahren. Heute muß in Marokko jedes Café – um weiter existieren zu können – ein Fernsehgerät mit Parabolantenne anschaffen. Die Gäste, die keine Möglichkeit haben, in einer oder anderer Form nach dem zivilisierten Deutschland zu reisen, sind neugierig und wollen wenigstens durch deutsche Fernsehsendungen mitbekommen, wie es dort läuft. Die Sprache ist unwichtig. Die Ereignisse selbst übersetzen alles auf berberisch. Sie sagen soviel wie: „So frei leben die Menschen in Deutschland.“ Kein marokkanischer

Zuschauer kann ahnen, daß es viele deutsche Frauen gibt, die ihren Männern treu sind und ihre Kinder ordentlich erziehen, weil das nicht gezeigt wird. Nun sieht man hin und wieder eine hübsche europäische Dame oder mehrere, die scheinbar frei sind, auf der Straße spazieren gehen. Man kann sich von ihnen kein anderes Bild machen als das, dem man regelmäßig in deutschen Fernsehsendungen begegnet. „Die müssen tolerant sein und werden wohl nichts dagegen haben, auf ein Abenteuer einzugehen“, denkt man. Man spricht sie an, und schon fühlen sich die Damen belästigt. Die europäischen Frauen geben manchmal Angebotssignale, ohne daß sie es merken. Klang der Frage oder der Antwort (da kann „nein“ als „ja“ verstanden werden), Form der Kleider, Körperhaltung, falscher Abstand vom fremden Mann, ein Spaziergang zur falschen Zeit. All dies kann einer Frau, die es von Jugendzeit an so gewöhnt ist, als völlig normal erscheinen. Für einen „Jäger“ aber, der von der europäischen Kultur sehr wenig Ahnung hat, ist alles ungewöhnlich. Es sind für ihn deutlichste Schritte, wie sie eine Frau in Richtung Abenteuer nur machen kann. Dementsprechend hat er zu reagieren.

Ich wollte damit sagen, daß auch die Marokkaner und Marokkanerinnen nicht heilig sind, sondern normale Menschen, genauso bereit, zu jeder Zeit zu sündigen.

Tierkampf

MAN KENNT in den abgelegenen Orten des Rif schon seit Ewigkeiten keinen hornlosen Hammel. Es gibt nur eine Rasse, die dicke schneckenhausförmige Hörner hat, sehr dicke Hoden und relativ klein ist. Sie wiegen etwa fünfundzwanzig Kilogramm. Jeder Hammel ist für seine Schar der einzige Führer und Vater aller Lämmer. Sie sind kampfeslüstern; denn nach jeder Erntezeit hatten die jugendlichen Schafhüter mehr Zeit für Unsinn. Diese Hammel wären fast zu Kampfhammeln geworden. Und sollte ein Hammel alle anderen einmal besiegt haben, ein Champion sein, dann sucht sein Besitzer nach einem anderen berühmten Hammel, damit er einen neuen Gegner für ihn hat. Wenn ein Hammel beim Kampf sterben sollte, wird er sofort geschlachtet und sein Fleisch verteilt. Jeder zahlt seinen Anteil dafür, so daß der Besitzer das Geld für einen neuen Hammel zusammenbekommt.

Die Schattenseite des Rauchens

Das Rauchen hatte damals, als die Marokkaner bei der spanischen oder französischen Armee Soldaten waren, angefangen. Anfang der vierziger Jahre verursachte der Krieg auch in unserer Region eine größere Not, durch die viele Menschen verhungert waren. Als einzige Möglichkeit zu überleben war nur die „Tür des Todes" geblieben. Auf wessen Seite man stehen wollte, spielte damals keine Rolle. Wohl entscheidend war es, wie man sterben wollte. Entweder stirbt man kalt durch Hunger in seiner leeren, kalten Wohnung oder aber schön warm durch eine oder mehrere Kugeln im spanischen Gebirge. Viele hatten sich für die zweite Todesart entschieden. Dann kehrten die überlebenden Soldaten nach dem Francokrieg mit kleinen oder großen Narben wieder heim. Sie hatten alle von dem Abenteuer viel zu erzählen, besonders durch das sie dem Tod entkamen. Die meisten hatten zwar Glieder oder Organe dort lassen müssen, waren aber froh, daß sie überhaupt noch lebten. Sie hatten viel Zeit, sich an bestimmte Ereignisse zu erinnern und sich nur mit ihren Ordnungsnummern zu nennen, und zwar auf spanisch. Worauf sie auch stolz waren, waren das in Spanien erlernte Kartenspiel und das Zigarettenrauchen. In unserer Region sind etwa fünfzig Prozent der Männer Raucher. Die Raucher sind wenig religiös. Die Korangelehrten, besonders

Imame, Vorbeter, sind – als Vorbild – Nichtraucher. Nur wenige von ihnen tolerieren es, daß in ihrer Anwesenheit geraucht wird. Die Islamgelehrten sind über sein Verbot uneinig. Daher sieht man, daß sich die älteren Leute meistens ab fünfzig das Rauchen abgewöhnen. Die Raucher haben Hemmungen, in Anwesenheit einer geachteten Person zu rauchen, besonders vor dem Vater. Sollte eine geachtete Person unerwartet auftauchen, wo gerade noch die Zigarette glimmt, dann muß man sie verbergen und sofort löschen, auch wenn man sich dabei die Handfläche verbrennt. Für Frauen gilt das Rauchen immer noch als eine Schande. Im Monat Ramadan darf man tagsüber weder essen noch trinken oder Geschlechtsverkehr anfangen, aber auch nicht rauchen. Die Raucher haben es im Ramadan deswegen gar nicht leicht. Der Kreislauf vermißt sein Nikotin, und schon ist man – bewußt oder unbewußt – bei einer Kleinigkeit aufgeregt. Auf dem Wochenmarktplatz kommt es in diesem Monat öfters vor, daß zwei Raucher sich streiten oder kämpfen müssen.

Unter den Rauchern gibt es in jedem Dorf mindestens einen echten Haschischraucher, der harmlos und sehr lustig ist. Dem wird der Titel *Lahscheischi* verliehen, auf deutsch ungefähr „der Lustige". Haschisch wird illegal gekauft, nicht grammweise, sondern streichholzschachtelweise, ein Maß, das in diesem Zusammenhang „Schublade" heißt. Das Werkzeug für den Genuß sind: der Lederfaltbeutel, zwei circa zwanzig Zentimeter lange Pfeifenrohre aus Holz, die mit Feuerpiks reich geschmückt sind, ein Tonkopf, der die Haschischpfeife ergänzt, und das Feuer. Es gibt hin und wieder Gelegenheiten, wo der Lahscheischi der Pol eines Haschischraucherkreises sein kann, zum Beispiel eine Hochzeitsfeier oder ähnliches. Er muß dabei großzügig sein, was sich später in anderem Zusammenhang bezahlt macht. Er zieht einmal beim Anzünden, und dann macht die Pfeife die Runde. Dabei müssen sich die Mitraucher vor Genuß des Haschischs kaputtlachen, aber auch die, die nicht mitrauchen, beteiligen sich gerne an dem Spaß. Also lieber Haschisch rauchen als saufen. Ist das hier eine schlechte Angewohnheit? Hiermit schließe ich die schlechten Angewohnheiten ab.

Wochenmarkt

JEDEN MITTWOCH zog sich mein Vater gut an und nahm mich auf dem Maultier mit zum Wochenmarkt. Bis zum Markt brauchten wir eineinhalb Stunden. Mein Vater war nie allein unterwegs. Sein Bekanntenkreis war sehr groß. Er sprach viel mit den Freunden über verschiedene Themen, aber am meisten über den Glauben, dabei besaß er zu Hause nicht mehr als ein Gedichtsbuch. Aber durch die Gespräche mit anderen hatte er viel dazulernen können. Und obwohl er ein Berber war, konnte er den Koran schon ganz gut verstehen. Während er sich mit den Freunden unterhielt, benötigte er immer wieder meine Hilfe. Er war stolz auf mich, wenn ich ihm auf seine Frage mit einem Koranvers antworten konnte.

Der Wochenmarkt war für mich nicht nur ein Einkaufsort, sondern auch eine Bildungsstätte, wo mir durch die Freunde meines Vaters viel Mut in meinem Inneren gemacht wurde. So fragten sie meinen Vater: „Wer ist dieser Mann?“ Und anstatt mit dem Vater zu sprechen, sprachen sie direkt zu mir: „Sei brav mit deinem Vater, du kleiner Lfkih.“

Auf dem Markt waren Menschen aller Klassen, jahrelang immer dieselben. Auch die Diebe oder Bettler kannten wir auswendig. Auch jemanden der spirituellen Ebene gab es dort. Es gab keinen und gibt auch heute noch keinen Wochenmarkt ohne einen *Madschdoub*, einen armen Mann, der hin und wieder zukünftige Ereignisse in kurzen Sätzen voraussagte. Der teilweise verrückt anmutende Mann gilt vielen Marktbesuchern als ein gesegneter Mann. Sie behandelten ihn stets gut. Ich glaube, daß er zu den von Gott Auserwählten gehört. Diese Leute sehen die

Welt anders als wir und handeln auch dementsprechend. (Siehe Mosesgeschichte im Koran: Sure 18, Vers 61 bis 83). Er darf auf dem Wochenmarkt nicht fehlen. Wenn er jemanden um einen Dirham, eine marokkanische Geldmünze, bittet, bekommt er sie ohne Einschränkung und manchmal auch mehrere. Von diesem Geld kaufte er dann Feigen, die er an die Kinder auf dem Marktplatz verteilte.

Was wir einkaufen sollten, brauchte sich mein Vater nicht zu merken. Dafür war ich zuständig, denn er konnte vieles vergessen. Der Wochenmarkt hat eine freie Fläche, die so groß ist wie ein Autokino. Verpackte Waren sieht man kaum. Auf diesem Marktplatz kann man einen Esel an- oder verkaufen, ebenso wie Rinder, Schafe, Hühner und Getreide, Obst und Gemüse. Das Einkaufen geht laut und mit viel Krach vonstatten. Es ist aber nichts weiter als eine Verhandlung über den Preis zwischen Verkäufer und Käufer. Der Preis wird nicht schriftlich angegeben. Eine *Jallaba*, ein langes Kleidungsstück, zum Beispiel wird nie zu dem genannten Preis verkauft, sondern in der Regel um etwa dreißig Prozent niedriger ausgehandelt. Alles liegt in großen Mengen auf dem Boden.

Der Marktplatz umfaßt drei Bereiche: den Warenbereich, den Viehbereich und den Eselsbereich. Im Eselsbereich kann man seinem Tier die Hufe beschlagen lassen. Neben den Geschäften gibt es auch Vergnügen: Zauberer, einen kleiner Zirkus, Schlangenbeschwörer und Musiker. Die Zuschauer bilden Kreise um sie herum, ohne den Taschendieben eine Chance zu geben, die sich unter sie schmuggeln. Anschließend werden Münzen gesammelt.

Ein Mann sitzt auf dem Boden mit einer Zange, sollte man Zahnschmerzen haben. Für den, der die Gelbsucht hat, gibt es da einen Beauftragten, der dagegen mit Feuer pikst. Auch das Standesamt ist mit zwei Juristen dort vertreten. Sie haben Papiere und Federn und sitzen im Café an einem Tisch. Sie stellen die Urkunde für eine Eheschließung, Scheidung, Grundstückskauf oder anderes aus. Sie sind Korangelehrte und haben durch den Koran auch das Erbrecht studiert.

Eine wichtige Wochenmarktfunktion muß ich hier auch noch erwähnen: die Medien. Der Herr Bürgermeister läßt einen Ausrufer von einer erhöhten Ebene ausrufen, daß die Leute sich vor ihm versammeln sollen. Er beginnt etwa mit einem *Adhan*, einem Ausruf, bis sich Hunderte neugierig um ihn versammelt haben. Dann teilt er mit, was er auf dem Herzen hat. Zum Beispiel, daß die Bauern zwar ihre Ähren gemäht haben, aber noch nicht zum Dreschboden bringen dürfen, bevor der Herr Bürgermeister das Kommando dazu gegeben hat. Danach darf jeder Bauer sein Vieh frei weiden lassen. Sollte die Regierung eine Wahl angeordnet haben, erfahren die Bauern auch dies durch den Marktansager. – So, und jetzt wieder nach Hause.

Aischas Löffel

IN MAROKKO kommt es öfters vor, daß die Bauern für ihre Felder dringend Regenwasser brauchen. Sollte es soweit kommen, daß die schönen grünen Gersten- und Weizenfelder vor Durst an der Tür des Todes stehen, dann glaubt man, daß der Regen vor lauter Sünden keinen Zugang zur Erde findet. Gott ist mit dieser Region nicht zufrieden. Hier ist ein Grund, Allah auf bestimmte Art und Weise um Wasser zu bitten. Eine ältere geachtete Frau im Dorf macht bekannt, daß heute um Wasser gebetet wird. Sie nimmt mit anderen Frauen einen großen Holzlöffel, der wie ein Baby mit sauberen Tüchern umwickelt wird und in einer Zeremonie wie bei der geschmückten Tafel, an der sich Frauen, Mädchen und Knaben beteiligen, durch das ganze Dorf getragen wird. Dieser Löffel hat über Traditionen einen Symbolnamen: Aischas Löffel.

Aischa war die geliebte, schöne, kluge Frau des Propheten Mohammad, der Friede sei auf ihm. Dieser Löffel hat es nun schwer. Ohne Regen kein Weizen, ohne Weizen kein Couscous, den er rühren darf. Während des Zuges singen alle, so laut sie können, verschiedene Regenlieder, zum Beispiel „*Der Löffel der verehrten Aischa ist dabei, der Regen herrsche heute nachmittag*", „*O Gott, gib Regenschauer, daß wir Gerste und Heu ernten dürfen*", und das ganze auf berberisch. Dort, wo der Zug ankommt, reagieren die Bewohner sehr optimistisch darauf. Die Erwachsenen verstecken sich auf den flachen Dächern mit einem Eimer Wasser und gießen überraschend die Beteiligten naß. Die Tragetaschen werden von einer Wohnung zur anderen immer schwerer. Mehl, Zucker, trockenes Fleisch, Milch, Eier oder ein paar Münzen werden gesammelt und zum Schluß zu einem Heiligengrab gebracht. Sie umkreisen das Grab ein paarmal. Sollte das Grab mit einem Aufenthaltsraum ausgerüstet sein, dann wird der Rest darin durchgeführt, sonst versammelt man sich in der Moschee, wo gekocht und gesungen wird und einige am Himmel ab und zu nachschauen, ob ein Zeichen von Gott zu bemerken ist, zum Beispiel Wolken oder Donnerschall.

In seltenen Fällen geschehen einige unislamische Handlungen, wie zum Beispiel daß ein Kind, das man liebt, von einem Fremden mit Erlaubnis seiner Eltern unter Druck gesetzt und eingesperrt wird, ihm etwas weggenommen oder es sogar leicht geschlagen wird, bis es richtig Tränen vergießt, da sollten die Wolken weinen, wie es das unschuldige Kind tat. Die Männer stimmen dem ganzen zu und dürfen sich dann separat in der Moschee versammeln, aber das Ritual ist Frauenaufgabe und beschränkt sich auf das Dorf. Sollte die ganze Region von der Trockenheit betroffen sein, so haben die Männer die Zeremonie in noch größerem Umfang auszurichten. Es wird etwa vom Bürgermeister angekündigt, wo und wann sie stattfinden soll. Dann kommen die Gläubigen von jeder Ecke dorthin.

Ich kann mich noch daran erinnern, als wäre es gestern geschehen. Ich war um die siebzehn Jahre alt und gehörte zu den Männern. Wir zogen von einer Dorfmoschee zu dem fünf

Kilometer entfernten, vereinbarten freien Gebetsplatz. Viele ältere Männer nahmen Stützstöcke in ihre Hände und hatten sich alle „anders“ angezogen, indem sie die innere Seite ihrer veralteten Mäntel nach außen gekehrt hatten. Sie sagten damit symbolisch: „O Allah, ändere unsere Situation!“ Wir haben unterwegs viele Sufigedichte gesungen, um die Besinnung zum Ausdruck zu bringen.

Ich versuche hier ein auf arabisch gesungenes Gedicht zu übertragen:

O Du Herr, der Du das Herz durchschaust und weißt, was sich darin verbirgt,
und der hört, Du bist unser einziger Retter vor dem, was wir fürchten.
O Du, der Du in allen Schwierigkeiten die einzige Hoffnung bist,
o Du, bei dem alle Klagen und Hilferufe enden.
O Du, der Du alle Schöpfung mit dem Wort „Sei!“ ernährst,
sei uns gnädig, denn alle Großzügigkeit ist nur bei Dir zu suchen.
Wir haben keinen besseren Vermittler zu Dir als unsere Not.
Das Betteln zu Dir macht uns von allen anderen unabhängig.
Wir haben keine andere Wahl, als an Deine Tür zu klopfen.
Sollten wir von dieser Tür zurückgewiesen werden, dann sind wir verloren,
da es keine andere Tür außer der Deinen gibt.
Wen sollen wir bitten, und wessen Namen sollen wir rufen,
wenn Deine Gnade vor uns Armen zögern würde.
Wir, die Sündigen, sind davon überzeugt, daß Du viel übrig hast,
und Deine Gaben sind endlos.
Daher würdest Du uns nicht bestrafen.

Bis kurz vor Mittag hatten sich Hunderte von Leuten auf dem freien Gebetsplatz versammelt. Ein Imam, Vorbeter, predigt und macht den Beteiligten klar, daß die vielen Sünden den Regen daran hindern, herabzufallen. Anstatt immer wieder „*Allahu akbar*“ während des Vortrags zu rufen, wiederholte er „wir bitten Allah um Verzeihung“, auf arabisch „*astagfirullah*“, und die Anwesenden wiederholen es einstimmig. Der Prophet

Mohammad ist das Vorbild in diesem Wassergebet, arabisch *Istisqaa*.

Es gibt noch viele andere Gewohnheiten, die die Berber als Traditionen pflegen, zum Teil stammen sie sogar aus der heidnischen Zeit. Man tut es, ohne zu fragen, wo das herkommt, weil man einfach Spaß daran findet. Eine davon ist das Feuer mit Namen:

Scharrah Mallah – aufschneiden und salzen

DIE MAROKKANER haben neben dem gewöhnlichen Jahreskalender noch zwei weitere Zeitrechnungen. Eine nennt sich das Mondjahr. Sie richtet sich nach dem Mond. Nach jedem knappen Monat (höchstens dreißig Tage) wird der Mond neu geboren, er wird zum Halbmond. Das hat seit Jahrtausenden eine wichtige Funktion für die Menschheit. Allah sagt über sich: *„Er ist es, der die Sonne zur Leuchte und den Mond zu einem Schimmer machte und ihm Stationen bestimmte, auf daß ihr die Anzahl der Jahre und die Berechnung kennen möchtet.“* (Sure 10, Vers 6). An anderer Stelle heißt es: *„Sie fragen dich* (Mohammad) *nach den Halbmonden. Sprich: ‚Sie sind ein Mittel zum Messen der Zeit für die Menschheit und für die Pilgerfahrt‘“* (Sure 2, Vers 190).

Das galt besonders für die Vergangenheit, gilt aber auch heute noch für viele Menschen, die auf dem Land wohnen, wo es weder entsprechende Nachrichten noch geschriebene Kalender gibt. Das Mondjahr hat statt 365 ungefähr 354 – nicht Tage, sondern – Mondaufgänge. Also elf Tage weniger als das Sonnenjahr. Deshalb sehen wir, daß der Ramadan durch das Jahr wandert, manchmal in den Sommer und manchmal in den Winter fällt. Bei den Moslems nennt sich das nicht Mondrechnung, sondern Hidschrarechnung.

Die zweite Rechnung ist die „bäuerliche Zeitrechnung“, bei der die zwölf Monate die gleichen Namen haben wie die christliche Zeitrechnung. Also von Januar bis Dezember. Die bäuerlichen Monate sind aber um dreizehn Tage verschoben worden. Also der 13. Mai in Düsseldorf ist bei den marokkanischen Bauern erst der 1. Mai. Das gilt auch für die „Sonnenburgen" (die Sternzeichen), die Mondstationen und andere bäuerliche Feste. Über welche Feste würde kein Islamgelehrter reden wollen? Zum Beispiel über Pfingsten, das auf den 24. des bäuerlichen Juni, gleich 7. Juli, fällt. An dem Tag sieht man kurz nach dem Sonnenuntergang im Vorhof jedes Hauses ein Feuer, um das die Familienmitglieder jeden Alters herumspringen, oder sie springen durch die Flammen zur anderen Seite. Das ist gar nicht ungefährlich, weil da zwei Personen in den Flammen zusammenstoßen können. Man ist der Meinung, daß die verschmutzten Körper, die Kleidung und die Atmosphäre durch so viele Rauchstellen, in jeder Wohnung, überall im Land, einmal gereinigt werden sollten. So werden ebenfalls die fruchtbaren Bäume zu diesem Zweck geräuchert. In diesen Tagen werden die Bäume auch mit einer Tonart an den Stämmen bestrichen, damit kein Ungeziefer hinaufkrabbelt. Seltsam, daß die älteren Leute uns immer erzählt haben, die Sauerpfingsttrauben sollen in die Augen geträufelt werden, das beuge vielen Augenkrankheiten vor. All das habe ich immer mitgemacht, so lange, bis ich das Heimatland verlassen mußte.

Mein älterer Bruder, der schlaue Fuchs

MEIN ÄLTERER BRUDER, 19 Jahre älter als ich, war schon 1961 als Arbeitsuchender nach Deutschland gereist. Da war er schon verheiratet und hatte Kinder, die er bei unseren Eltern zurückließ. Seine Familie gehörte zu unserem Haushalt. Jedes Jahr besuchte er uns und seine zurückgelassene Frau einmal. Er war schöner geworden und hatte sich zum ersten Mal einen neuen Anzug und ein paar Nylonhemden gekauft und hatte fast allen Familienmitgliedern etwas aus Deutschland mitgebracht. Mit uns saß er wieder auf dem Boden, was er sich schon zum Teil abgewöhnt hatte. Wir saßen jeden Abend um ihn herum und hörten, was uns der kluge Mann zu erzählen hatte. Ich glaube, es wäre von Wert, an dieser Stelle etwas von seinen Erzählungen zu verraten. Er war nämlich einer der ersten derer, die das Abenteuer Reichtum in Europa gesucht haben. Er besaß damals, als Bauernsohn, nicht mehr als einen kräftigen Esel, den er außerhalb der Erntezeit dafür benutzt hatte, die spanischen Waren von Melilla, einer noch von Spanien besetzten kleinen Hafenstadt an der Mittelmeerküste, ins Inland hineinzuschmuggeln. Er verkaufte den Esel, ging zum Treffpunkt zu seinen Kameraden, sammelte von ihnen etwas Geld für die Reise, und nach ein paar Tagen nahm er ein paar gekochte Eier mit und ging los. Er erzählte später über sich:

„In Spanien fand ich einige Berber, die in Frankreich legal arbeiten durften, ich sammelte bei ihnen – leihweise – wieder Geldscheine für die französische Grenze, weil ich ausschließlich als reicher Tourist über die Grenze darf. Nach ein paar Schwierigkeiten ließen mich die Grenzschutzmänner in Frankreich einreisen. Zweihundert Meter hinter der Grenze gab ich den Kameraden ihre Geldscheine dankend wieder zurück. In Paris merkte ich, daß Frankreich von den arbeitsuchenden Algeriern, Marokkanern, Schwarzafrikanern, Spaniern und anderen überfüllt worden war, die kein Problem mit dem Französischen hatten, was ich wohl hatte.

Nun mußte ich nördlich weiterziehen. Bei Forbach versuchte ich durch den Wald über die deutsche Grenze zu gelangen. Dieser Versuch schlug fehl. Die deutschen Grenzschutzmänner nahmen mich fest und brachten mich zum nächsten Punkt, wo ich einen Retourstempel auf den Reisepaß bekam und sie mich verstehen ließen, daß sie mich nicht wiedersehen möchten. Mit der Last des Mißerfolgs mußte ich wieder zurück zur nächsten Stadt. Ich trug meine Reisetasche auf der Schulter und sprach ratlos wie ein Verrückter mit mir selbst. Plötzlich hält ein Pkw mit deutschem Kennzeichen bei mir an. Darin saß ein junges Paar mit guten Ausstrahlungen. In Körpersprache gaben sie mir zu verstehen, daß sie mich gegen Geld über die deutsche Grenze fahren könnten. Nach kurzer Verständigung stieg ich mit ein, und sie fuhren los. An einem Parkplatz bat mich der Blonde, mich im Kofferraum zu verstecken, und gab mir zu verstehen, daß ich solange nicht husten darf. Sie fuhren weiter. Nach einer Weile halten sie an, dann hörte ich ein paar Worte auf französisch. Die Frau übernahm die Antwort. Sie fuhren ein paar Meter weiter, dann wurde deutsch geredet, die Frau mischte sich wieder in das kurze Gespräch ein. Sie durften weiterfahren. Bei nächster Möglichkeit wurde die Fracht wieder zum Mann, und sie brachten mich nach Saarbrücken."

Dann sprach mein Bruder von den großen Kaufhäusern mit den Rolltreppen, von furchtbar vielen Autos, von den Flüssen mit riesigen Frachtschiffen, Heizkörpern, vom Zirkus, und erklärte uns, wie auf deutsch „auf Wiedersehen" und „guten Tag" heißt. Das alles zusammen kam uns wie aus Tausendundeiner Nacht vor. Wir verstanden, daß man wohl nirgendwo glücklicher als in Deutschland leben konnte. Mein Bruder Hamied sprach von Stundenlohn, was nicht in unseren Kopf ging. Wir kannten nur unseren Tagelohn, den Lohn der Arbeit von Sonnenaufgang bis Sonnenuntergang. Man verdient also in Deutschland zehnmal so viel wie hier bei uns. Er brachte ein kombiniertes Radiogerät mit kurzer Welle und Plattenspieler mit. Damit konnte er die deutsche Welle empfangen und uns diese gutklingende, herrliche Sprache hören lassen. Mein Vater war sehr stolz auf seinen fleißigen älteren Sohn, der es endlich geschafft hatte, so viel Geld zu verdienen. In Kürze würde er ein reicher Mann sein. Nach vier Jahren in Deutschland konnte er sogar als erster in der ganzen Gemeinde ein Auto aus Deutschland mitbringen. Das Auto, ein schwarzer Ford Taunus, konnte nicht bis zu unserem Zuhause vorfahren, sondern mußte etwa einen Kilometer entfernt stehen bleiben. Dort wurde es für drei Nächte abgestellt. Die Dorfbewohner freuten sich darüber, daß es im Dorf zum ersten Mal ein Auto gab. Sie nahmen ihre Werkzeuge und arbeiteten drei Tage lang an der Strecke, um dem Wagen eine Möglichkeit zu schaffen, bis zu unserem Kakteengarten zu fahren. Dieser Einsatz der Dorfbewohner war ein Beispiel mehr des bei uns gepflegten Gemeinsinns.

Das Spiel „Zeil hah“

HAMIED war während seines Urlaubs jeden Nachmittag im Aufsichtspunkt, wo sich alle Dorfbewohner trafen, und spielte mit den Kameraden die traditionellen Spiele. Am liebsten jedoch *Zeil hah*: Etwa dreißig alte Schuhe werden in einem Kreis, dessen Durchschnitt vier Meter mißt, gesammelt. Einer von ihnen paßt auf die alten Schuhe auf, alle anderen versuchen, ihm Schuhe wegzunehmen, so lange, bis er nur noch drei oder keinen mehr hat. Dann muß er fliehen, und die anderen bewerfen ihn mit den Schuhen. Die Frage ist immer: Wer soll die Schuhe hüten? Also nur das Los kann darüber entscheiden. Der Schnellste sagt: „Ich mache es.“ Ein zweiter sagt: „Ich schlage.“ Und der dritte: „Ich folge.“ Dann melden sich die restlichen einer nach dem anderen. Der erste nimmt einen Stein in der Größe einer Bohne und versteckt ihn hinter seinem Rücken in einer seiner Fäuste, dann streckt er dem zweiten beide Fäuste hin. Dieser soll sich nun für die Faust entscheiden, in welcher der Stein nicht verborgen ist. Wenn er die Hand wählt, die den Stein nicht enthält, ist er frei. Doch hat er die Hand mit Stein gewählt, muß er diesen Vorgang mit dem dritten wiederholen. Wer als letzter den Stein hat, muß die Schuhe hüten. Jeden, der versucht, die Schuhe wegzunehmen, muß er innerhalb des Kreises schnappen. Ein Fußtritt genügt. Dann muß dieser die Schuhe hüten. Das Spiel wird von einem ununterbrochenen Krach begleitet, einer Mischung aus Indianergeheul und Karatekampfgeschrei. Wir lernten dabei, schnell zu reagieren.

Der Wind nahm eine andere Richtung

INZWISCHEN habe ich es geschafft und den ganzen Koran auswendig gelernt. Meine Lehrer baten meinen Vater, mir jetzt den Titel „Ssi", die Abkürzung für „Herr" zu verleihen. 1971 habe ich geheiratet. Im selben Jahr wurde ich zum Imam, zum Vorbeter in einer Moschee.

Hier begann für mich für knapp ein Jahr lang dieselbe Geschichte von der Koranlehre, jetzt jedoch als Sidi Lfkih, als Lehrer. Ich wurde sogar in *Hidschab*-Herstellung, dem Schreiben von Schutzversen, sehr berühmt. Es geht dabei nicht darum, was man schreibt, sondern in erster Linie geht es darum, ob der Schreiber dabei Gotteskraft empfangen und weitergeben darf.

Ob Kopfschmerzen oder Augenkrankheit – dafür schreibt man etwas auf eine ungerade Zahl von Tonscherben. Sie werden dann erhitzt und in Wasser gelegt, so daß der aufsteigende Wasserdampf zum Beispiel in die offengehaltenen kranken Augen dringen kann. Entbindung, Beschneidung oder Brautpaar: Für jede Krankheit, jedes Problem gibt es einen passenden Vers und eine Gebrauchsanweisung. Dieser mein Traumberuf dauerte jedoch nicht lange. Ich bekam durch meinen älteren Bruder, der ja schon seit elf Jahren in Deutschland arbeitete, einen Arbeitsvertrag mit einer Straßenbaufirma zugeschickt. „Man verdient zehnmal so viel wie hier", dachte ich mir. „Ich kann also in einem Jahr den Verdienst von zehn Jahren bekommen. Ich brauche nur ein Jahr in Deutschland zu arbeiten, dann habe ich genügend Kapital für eine Existenzgründung in Marokko. Und dann kann ich meinen Sohn unterstützen, ein Ssi mit großem geistigen Wissen zu werden. Ich will frei werden. Der Moscheevorstand versucht immer wieder, mir Vorschriften zu machen. In einem Jahr kann ich selbständig sein. Gott sei Dank!"

Ich befreite mich von meiner Imamkleidung und dachte nur noch an das Geld, Geld und noch einmal Geld!

Aufgrund des Arbeitsvertrages dürfte es leicht sein, bei den Behörden einen Reisepaß zu bekommen. Der deutsche Vertrauensarzt der Straßenbaufirma saß aber in Casablanca, sechshundert Kilometer entfernt. Casablanca ist eine zivilisierte Stadt. Ich brauchte also andere Kleidung und genügend Geld. Meine Schwiegermutter besorgte mir das Geld. Schick angezogen ging ich sieben Kilometer zu Fuß den Berg hinunter zum Wochenmarktplatz. Von dort konnte ich meinen Einzelplatz in einem Taxi nach Nador bezahlen. Von Nador, circa zehn Kilometer von Melilla, der spanischen Hafenstadt in Nordmarokko, entfernt, brachte mich ein schlauer Taxifahrer nach Casablanca, der für uns gleichzeitig Reiseführer war. Die Strecke war sehr lang. Wir brauchten fast einen ganzen Tag.

Casablanca: hohe Häuser, dichter Verkehr, Millionen Menschen, Lärm, Autos, Krach, Aufzüge, Kabaretts, Kinos. Das ist hier das Ende der Welt. Kein einziges Wort berberisch, nur arabischer Dialekt oder Französisch. Ich durfte nicht vergessen, daß ich wegen der ärztlichen Untersuchung hier war. Der deutsche Arzt war locker und bezeichnete mich als gesund. Der gesamte Aufenthalt in Casablanca hat acht Tage gedauert, dann fuhr ich wieder nach Hause. Dort sollten wir auf eine schriftliche Einladung des Beauftragten für deutsche Firmen warten, auf den Ausreisetermin von Casablanca aus.

Zwei Wochen später war bereits alles geschehen. Der Abschied von meiner Familie, meinem schwachen Vater, meiner Mutter, war so schwer. Noch schwerer fiel mir der Abschied von meiner sechzehnjährigen Frau und dem Baby, das nun sechs Monate alt war. Ich tröstete sie mit schönen Versprechen: „In einem Jahr bin ich wieder bei dir, und dann leben wir ganz anders, Schatz." Nach traditioneller Gewohnheit sollten wir uns in Anwesenheit der Eltern nicht umarmen. Zu weinen hatte sie schon zwei Wochen vorher begonnen.

Die Abreise

EIN TRAURIGER Tag. Meine Mutter begleitete mich bis hinter die vier Meter hohen Kaktusbäume. Sie tröstete mich, und ich fühlte es heiß in mir: „Geh beschützt, mein Sohn. Sei ein Löwe (ein Held)! Vergiß deine Religion nicht und komm gesund bald wieder“, sagte sie zu mir und nahm als ein Symbol eine Fußspur von mir. Sie glaubte dabei optimistisch, daß, wenn sie etwas Sand aus meiner Fußspur nimmt und ihn in ihrem Zimmer gebunden aufbewahrt, ich dann bestimmt wiederkommen müsse.

Zunächst trug ich meine Tasche auf der Schulter und ging zwei Kilometer zu Fuß. Ich fand dann einen Autofahrer, der einen sehr alten Peugeot fuhr. Er hatte weder einen Führerschein noch Ausweis oder Fahrzeugpapiere. Er war froh darüber, daß er in dieser unkontrollierten Zone überhaupt einen Fahrgast gefunden hatte, denn dadurch fand er eine Möglichkeit, seine Kinder zu ernähren. Ich fuhr mit ihm auf einer unebenen Fahrbahn zum Wochenmarktplatz. Dort waren wir zu sechst mit einem Taxifahrer verabredet, der uns zu der berühmten Stadt Casablanca fahren sollte. Von zuhause bis Casablanca brauchten wir einen ganzen Tag. Als wir in Casablanca angekommen waren, ließ man uns wissen, daß unsere Reisepässe beim Reiseführer bleiben müßten. Von Casablanca nahmen wir eine riesengroße Fähre, die zehnmal größer war als meine Moschee. Achtundvierzig Stunden dauerte es bis Marseille. Von Marseille ging es mit einem Bus weiter nach Italien, bis Ventimiglia, und mit dem Zug dann nach München. Dort bekam ich meinen Reisepaß wieder zurück. Von München mußte ich allein mit dem Zug nach Hanau fahren. Der Reiseführer blieb zurück, den ich sowieso kaum verstehen konnte.

„Es darf jetzt nichts schiefgehen", denke ich, während ich ab und zu bete. Ich habe genau beobachtet, wie die Reisenden den Zugtürhebel betätigt haben, aber trotzdem mußte man mir dabei behilflich sein. Meine Kenntnisse über Esel konnten mir nicht viel nutzen, und wie ich den Bahnhof in Hanau verlassen sollte, wußte ich auch nicht. Zuerst wollte ich über die Geleise gehen. „Aber wieso tue ausgerechnet nur ich das und kein anderer? Ich werde nachsehen, was die Kerle in diesem Keller zu suchen haben", dachte ich mir. So viele Leute und kein Mensch, den ich kenne. Dieses Volk läuft in verschiedene Richtungen in einem Tempo, als hätten sie Panik. Ich muß vorsichtig schreiten, da ich sonst mit den schnell entgegenkommenden Reisenden zusammenstoße. Von da ab nahm mich mein Bruder in Empfang und brachte mich zum Aufenthaltsort, wo ich viele Wunder sehen werde.

Zweiter Teil
Deutschland

Guten Tag, Deutschland
Noch nicht am Ziel, aber am Anfang

ZUNÄCHST wollte ich mich mit dem kleinen Firmenheim vertraut machen. Im etwa dreihundert Quadratmeter großen Erdgeschoß befinden sich nur Garagen für teuere LKW und eine Werkstatt. Im ersten Obergeschoß, das aber auch Dachgeschoß war, war die Unterkunftsmöglichkeit. Die so um einhundert Quadratmeter große Firmenwohnung, die für dreizehn junge Marokkaner reichen sollte, war schön sauber. „Alles ist hier Luxus", dachte ich. Etagenbetten, Fernsehgerät, Luxusküche mit zwei elektrischen Kochplatten und einem Kühlschrank. Sogar die Fenster werden hier islamisch verschleiert. Am herrlichsten war das Badezimmer, weil man das heiße Wasser direkt aus der Wand bekam und einfach nur aufdrehen mußte. Von draußen brauchte man nicht laut zu rufen oder mit einem Stock an die Haustür zu klopfen, ein Druck auf einen Knopf genügt. Herunterzugehen, um die Haustür zu öffnen, ist auch nicht nötig. Wenn man auf einen anderen Knopf drückt, läßt sich die Tür auch aus der Entfernung öffnen.

Zwei Tage später nahm mich mein älterer Bruder mit zur Straßenbaustelle. „Das ist der Polier, Herr Schmidt, und das ist mein Bruder", machte er uns bekannt. „Reich ihm deine Gabel (Hand)", sagt er zu mir auf berberisch. Er nannte die Hand symbolisch Gabel, damit ich verstehen sollte, daß mit dieser Begrüßung keine Solidarität verbunden war. Es war gerade noch Ramadan. Und ich mußte doppelt so viel leisten, damit Herr Schmidt nicht über Ramadan schimpft. In den Pausen aß er vor unseren Augen seine Schweinewurst und rauchte unverschämt seine Zigaretten. Als Anfänger mußte ich viele Fehler machen, aber das schlimmste war, daß mir die Kraft fehlte, um die schweren Bordsteine von hohen LKW mit bloßen Händen herunter abzuladen. Ich mußte mich immer wieder ärgern, wenn die deutschen Arbeitskollegen Mitleid mit mir hatten und durch die Körpersprache zu mir meinten: „Mensch, essen, dann arbeiten können!"

Mit der Sprache war es auch nicht einfach. Alles war umgekehrt. Ich hatte von zuhause genug arabisches Grammatikwissen mitgebracht, und im ersten Monat mußte ich ein „Langenscheid Wörterbuch Deutsch – Arabisch" kaufen, aber die deutsche Sprache war nach meinem Verständnis ein Durcheinander. Abgesehen davon, daß die Schrift in die falsche Richtung verläuft, werden die Wörter in den Sätzen auch noch in die verkehrte Reihenfolge gestellt. Zum Beispiel: „Mein Vater" heißt bei mir „Vater mein", oder „ich mache das nicht" heißt bei mir wörtlich „ich nicht mache das". Manchmal findet ein ganzer Satz bei mir keinen Gebrauch. Beim Essen sage ich wörtlich: „mit Gesundheit" und nicht „guten Appetit". Dann hat man hier auch mit den Artikeln und Präpositionen ein großes Problem. Was dort weiblich ist, ist hier männlich: „die Tisch" ist hier „der Tisch", „die Baum" ist hier „der Baum". Zu den Artikeln: „der" und „die", kommt noch „das" hinzu, was in meiner Sprache keinen Platz hat. Und wo ich das Wort „auf" benutze, muß ich dafür jetzt das Wort „bei" einsetzen. Wenn ich sage: „Hilf mich darauf", heißt es hier „hilf mir dabei".

Aber einige Gegenstände haben einen gemeinsamen Namen. Eine Spritze heißt bei mir auch Nadel. Ich brauchte einmal eine Nähnadel und fragte nach einer Spritze! Die Quelle, das Auge und eine kleine Öffnung haben gemeinsame Namen. Sie heißen auf arabisch *ain*.

Ein anderes Problem hier in Deutschland waren für mich Hunde. Diese reagieren natürlich auf die Position der Menschen und auch auf ihr Aussehen, aber vielleicht auch auf die unsichtbare Angst, weil sie es riechen können.

Ich vermißte meine Familie. Wenigstens wollte ich informiert werden über all das, was dort zu Hause geschah. Ein

Briefwechsel aber war für meine Familie nicht so bequem. Keiner von meiner Familie war in der Lage, meine Briefe zu lesen. Mein Vater hätte sich einen Brief von einem Studenten vorlesen lassen können, das ging aber der gebotenen Diskretion wegen nicht. Um miteinander telefonieren zu können, mußte man einen Termin ausmachen, um dann bei der Post zu sein. Das beste war das Tonband, das mit der Post geschickt werden konnte.

Zwei Bißnarben bis heute

ALS ICH in der Moschee bis zur Sure „*Yasien*" – ein Viertel des gesamten Korans – gelernt hatte, hatte mein großzügiger Vater vor lauter Freude einen Hammel schlachten und alle erwachsenen Dorfbewohner zum Essen einladen wollen, um dann dort die Koranrezitation zu hören. Ich war auch stolz darauf und wollte selbst zu den weit entfernten Häusern gehen, um ihnen Vaters Freude über meinen Erfolg mitzuteilen. Bei der letzten Wohnung lief der Schäferhund frei herum. Drei eiergroße Steine halfen mir nicht. Er packte mich gnadenlos und biß in meinen Unterschenkel, so daß ich nach Hause zurückgetragen werden mußte. Die Besitzerin des Hundes war eine Wunderheilerin, die mich auf ihre Art und Weise behandelte. Heiße Asche in einem Stoffbeutel wurde auf die Wunde gedrückt, und nach einer Weile bekam ich ein Stück Stoff als Verband darauf. Zwei Bißnarben sind bis heute in meinem Unterschenkel geblieben. Ich kann heute noch nicht dafür, wenn Hunde auf meine gebliebene Unsicherheit negativ reagieren.

Zwei Wochen in Deutschland, und schon kommt mir ein Hund entgegen, der mir die Zähne zeigt. Hunde zeigen ihre Zähne nicht, wenn sie lachen, sondern nur wenn sie beißen wollen. Ich war auf Alarmstufe drei gestellt. Alles wurde schwarz vor mir. Meine ganze Energie stand zur Verteidigung bereitet.

Der deutsche Kollege, dem der Hund gehörte, war verärgert. Es gab dann eine große Auseinandersetzung, und ich kam fix und fertig mit den Nerven, aber heile nach Hause. Der deutsche Kollege, der von meiner Hundegeschichte nichts wissen konnte, schien mir tierlieb zu sein, aber nicht ausländerlieb. Man erzählt von einem berühmten Mann, der im Krieg alle seine Verwandten verlor, daß er nicht einmal weinen konnte. Als jedoch sein Hund verstarb, wurden seine Augen zur Quelle.

Ich wollte nach Hanau.

Ich bin etwas schüchtern und wollte meinem Bruder keine Last mehr sein. Es fiel mir aber schwer, meine Unwissenheit vor den marokkanischen Kameraden preiszugeben. Ich mußte alles selbständig machen können. An einem Samstag darauf wollten wir zu dritt in die Stadt Hanau fahren. Die beiden Kollegen wußten es nicht besser als ich. Man muß eben doch lernen. Der Busfahrer hält nicht, obwohl wir ihn doch nach marokkanischer Art anhalten wollten. Wir gingen einfach weiter in Busrichtung. „Ahah! Der Bus hält nicht überall, sondern wohl nur an bestimmten Haltestellen mit einem gelben Schild“, kapieren wir. An der Bustür suchte ich einen Griff, um die Tür zu öffnen, aber diese ging erstaunlicherweise von allein auf. Der Fahrer hatte keinen Beifahrer dabei, der kassiert, Anweisungen zum Halten und Weiterfahren gibt und die Bustür auf und zu macht. Wir saßen schon im Bus, aber wie sollten wir da wieder rauskommen? „Kein Problem, wenn ein Einheimischer aussteigt, springen wir einfach mit hinaus“, dachten wir. Von dem Knopf, mit dem man mitteilt, daß man aussteigen möchte, hatte ich keine Ahnung. Wir merkten hin und wieder, daß wir durch unser Unwissen auffällig werden. Die Regeln übersteigen unsere Bereitschaft.

Im Restaurant

Ich hatte Hunger und wollte zum ersten Mal in einem Restaurant etwas „Halales“, etwas nach dem islamischen Glauben Erlaubtes, essen. Nach langem Zögern ging ich doch hinein. Dort war ein Tisch frei, auf dem aber eine saubere weiße Tischdecke lag, die mir zu schade war, darauf zu essen, doch eine andere Sitzwahl hatte ich nicht. Drei ältere Herren wunderten sich wortlos über mein Auftreten. „Irgendwas mache ich hier falsch“, dachte ich mir. Welche Sitzform soll ich einnehmen? Soll ich meine Hände nach unten hängen lassen oder lieber aneinander halten? Die Speisekarte konnte ich sowieso nicht lesen, aber irgend etwas mußte ich in der Hand halten. Die schöne blonde Kellnerin mit schönen hellweißen Beinen kommt hautnahe zu mir und schnäbelte etwas in aller Höflichkeit zu mir. Ich habe gelächelt, bin zur Theke gegangen und habe auf das halbe Hähnchen gezeigt. Die anderen Fleischstücke konnte ich nicht vom Schweinefleisch unterscheiden. Mit Messer und Gabel habe ich noch nicht einmal geübt zu essen. Ich hätte so gerne das hart gegrillte halbe Hähnchen mit meinen bloßen Fingern gegessen. Aber hier im Restaurant habe ich keine Sicherheit davor, ausgelacht zu werden oder vielleicht sogar tierisch angesehen zu werden. Komm, du Messer! Ich hätte dich in Ruhe gelassen. Aber die Gesellschaft zwingt mich dazu. Kommt, ihr Neulinge! Wer von euch kommt in die rechte Hand und wer in die linke? ...

Anpassungsverlauf

Zwölf Marokkaner etwa waren schon seit einem Jahr bei derselben Firma beschäftigt. Jeder von uns versuchte, mit dem Polier eine gute Beziehung zu haben. Die meisten waren schon Raucher geworden. Das Rauchen ermöglichte den Kontakt zu anderen Menschen, indem man sie um Feuer bat oder eine Zigarette anbot. Ich war pflegeleicht, wog fünfzig Kilogramm und konnte dazu mit dem Rauchen nichts anfangen. Das paßt außerdem nicht mit meinem Titel „Ssi" zusammen. Einige tranken sogar Alkohol, woran ich um Gottes willen nicht denken durfte. Diese Kollegen ergaben sich einfach und machten fast alles mit. Sie hatten sich fast vollständig angepaßt, und das entspannte ihre Lage so, daß sie vom Polier weniger beschimpft wurden. „Die Karawane muß einen Letzten haben" – und der war ich. Bei den Frühstücks- und Mittagspausen saßen wir in einer engen Baracke zusammen. Die deutschen Kollegen aßen ihre Schweinefleischportionen und tranken ihr Bier. Für mich war die ganze Baracke verschmutzt. Der Polier hatte mich gern in der Kolonne, weil ich vernünftig arbeiten konnte. Andererseits distanzierte er sich von mir, weil ich für ihn so kompliziert war. In mir verbarg sich etwas, was er nicht wissen konnte. Nämlich „Ssi". Sieben Monate Arbeit, dann bekam ich die Botschaft, daß meine Frau das zweite Kind zur Welt gebracht hat, und zwar war es diesmal ein Mädchen. Dadurch war ich vor Sehnsucht nahe daran, zu platzen. Aber ich mußte geduldig sein, bis es mir möglich wurde, hinzufliegen.

Urlaub in Marokko

NACH EINEM JAHR Arbeit nahm ich meinen Urlaub und flog endlich nach Marokko. Dort warteten meine Familienmitglieder, besonders Mama und meine Frau auf mich. Ich kam an, und Ballag, unser Hund, hat mich sofort erkannt und mich als erster empfangen. Aber alles schien anders geworden zu sein. Die hohen Gebirge sind in meiner Sicht kleiner geworden. Die Kinder haben sich sehr verändert. Das Bauernhaus ist nicht richtig sauber. Das Licht der Petroleumlampe ist furchtbar schwach.

Ich sehe zum ersten Mal meine sechs Monate alte Tochter. Meine Kinder wollen mich nicht im Zimmer haben. Meine Mutter ist mit meinen schulterlangen Haaren nicht zufrieden, weil das in unserer Region nicht normal war, und sah mich an, als hätte ich mich in einen Teufel verwandelt, denn ein Korangelehrter soll – in ihrer Sicht – Allahs Buch achten und sogar seinen Kopf stets bedecken. An ihrer Stelle hätte ich auch nicht anders reagieren können. Ich habe verstanden, daß sie meine Originalität vermißt. In ihrer Sicht war die Anstrengung von zwanzig Jahren in Marokko mit einem Jahr Arbeit in Deutschland zunichte gemacht geworden. In den folgenden Jahren mußte ich alles wiedergutmachen.

Ein Jahr später zog ich mich im Urlaub echt marokkanisch an. Meinen Oberlippenbart durfte sie auch nicht sehen. Ich hatte ihn immer wieder einen Tag zuvor rasiert. Das war die Reaktion meiner Mutter. Mein Vater lenkt das Gespräch auf die Religion und versucht indirekt herauszufinden, ob mein Koran noch existiert. Meine Geschwister freuten sich über ein paar Geschenke aus Deutschland. Meine ehemaligen Kameraden verstanden mich weniger. Ich war für sie zu etwas Luxuriösem geworden, was ich aber eigentlich nicht war. Die Situation ist für mich sehr ernst geworden. Ich habe vier Wochen Zeit, in denen ich noch viel zu erledigen habe. Meiner Frau hatte ich versprochen, mich selbständig zu machen, und ich war sehr überrascht, daß sich die Preise inzwischen verdoppelt hatten. Es sind Tausende geworden, die das gleiche Vorhaben anstreben. Dieses Mal also schaffe ich es nicht, aber das nächste Mal mit Sicherheit. Für die dreitausend Mark sind noch zu viele Löcher offen. Meiner Frau fällt es sehr schwer, mit den beiden Kindern zurückzubleiben. Schon in der zweiten Woche meines Urlaubs begann sie zu weinen. Die Versprechungen fangen wieder von vorne an. „Dieses Mal muß ich es schaffen. Und dann komme ich endgültig wieder nach Hause zurück. Dann will ich mit dir die Kinder gemeinsam erziehen.“ Das war es, was ich ihr gesagt hatte.

Der erste Versuch war gescheitert

WIEDER nach Deutschland, und wieder das gleiche Spiel. Zurück nach Marokko mit doppelt so viel Geld wie vorher. Die Preise aber sind um das vierfache gestiegen. Ich habe es zum großen Teil verlernt, die Familie in Marokko zu ernähren. Mit der Zeit müssen wir, die Gastarbeiter in Deutschland, langsam wahrnehmen, was die Bekannten in Marokko von uns denken. Wir sind in ihrer Sicht durch den hohen Verdienst in Deutschland bestimmt reich geworden. Jeder versucht, im Gespräch mit uns herauszufinden, wie viele Millionen wir auf dem Konto haben und vor Geiz verschweigen. Man versucht es, indem man uns für finanzielle Objekte und Transaktionen zu interessieren sucht, um an unserer Reaktion dann unsere finanziellen Möglichkeiten einzuschätzen. Bemühen wir uns, jemanden verstehen zu lassen, daß wir es nur gerade schaffen, unseren täglichen Unterhalt zu verdienen, dann ist die Reaktion innerlich sauer und äußerlich Bauer. Man glaubt uns nicht. Wir haben es nicht geschafft, in beiden Ländern anerkannt zu werden. Das Gegenteil ist wohl der Fall. Wir mußten die marokkanische Mentalität loslassen, bevor wir eine Ersatzkultur anfassen konnten. Ja, im Streben nach beidem haben wir es so weit gebracht, in keinem der beiden Länder anerkannt zu sein. Wir sind zu etwas geworden, das weder deutsch noch marokkanisch ist. In Marokko ist es möglich, einen Pfefferminztee im Café zu trinken und dabei doch irgendwie Geld zu machen, das können aber nur die anderen. Ich muß also in Deutschland weiter arbeiten.

In den siebziger Jahren bekam ich so wie andere Gastarbeiter Kindergeld für meine in Marokko lebenden Kinder. Viel Geld floß damals von Deutschland ins Ausland. Der deutsche Staat gab damals viel Geld aus für Kinder, die ihm später keine Rente sichern würden. Bis 1974 trafen wir, die marokkanischen Gastarbeiter, uns, besonders an den Wochenenden, vor dem Ausgang des Hauptbahnhofes, um Informationen auszutauschen. Dort konnten wir auch illegal Lammfleisch kaufen, das in weißes Papier eingewickelt war.

Jeder war bemüht, mit seinem Geld sehr sparsam umzugehen. Bis zu diesem Jahr hatten wir uns in vielen Bereichen – scheinbar – angepaßt. Fast alles hatten wir mit den deutschen Kollegen mitgemacht. Viele von uns besuchten mindestens einmal die Prostituierten, haben Karneval gefeiert, gesoffen in Kneipen, und so weiter. Bis zu dieser Zeit kannte ich noch keine marokkanische Moschee in Deutschland, aber daß der Islam hier und da praktiziert wurde, spürte man schon. Damals mußte ich alle zwei Jahre meine Aufenthaltserlaubnis verlängern lassen. Die Ausländerbehörden ließen uns wissen, daß unsere Kinder in Deutschland willkommen sind. Doch diese Mundpropaganda allein konnte an unserer Entscheidung nicht viel ändern. Es folgte die Abschaffung des Kindergeldes für die im Ausland lebenden Kinder. Wir mußten dann also freiwillig unsere Familien nachkommen lassen. Die Türken waren fleißiger als wir und hatten schnell reagiert. Nach nur wenigen Jahren waren fast alle türkischen Familien zusammengeführt. Auf einmal war die BRD mit Kindern und Jugendlichen überfüllt, was auch Nachteile mit sich brachte. Vor allem waren es die Überlastung des Arbeitsmarktes und die islamische Kultur, die die Deutschen an die Auseinandersetzungen in der Vergangenheit erinnerten. „Stop, stop!“ sagten die Behörden eigentlich in ihrer bürokratischen Sprache. Sie versuchten zuerst, Visa nur noch für Kinder bis zum Alter von sieben Jahren zu geben. Dann hatten die Gesetzgeber es nach langer Auseinandersetzung bis zum Alter von sechzehn Jahren zugelassen.

Im Ramadan 1974 konnten wir nachts beten und Sufigedichte singen, in Mannesmann-, in Bundesbahn- und Stadtverwaltungswohnheimen. 1975 hörte ich zum ersten Mal von einem Sufitreffen, das in Dortmund stattfinden sollte. Ich fuhr sofort hin. Die Leute sind echte Sufiten wie mein Vater. Sie sind Angehörige eines mystischen Ordens aus Nordafrika. Ein Orden im Islam nennt sich auf arabisch „Tarieqat“ oder „Tarikat“. Die ungefähre Übersetzung heißt: „Methode“, „Weise“, „Pfad“, „Weg“. Das sind die den Propheten geoffenbarten göttlichen Erfahrungen von Adam bis Mohammad. Der Kernglaube an Gott ist derselbe und gilt für alle Propheten. Die himmlischen Regeln und Gesetze unterscheiden sich von Prophet zu Prophet nur geringfügig.

Der letzte Prophet ist für Moslems Mohammad, Allah segne ihn und schenke ihm Heil, der vom Erzengel Gabriel das Gottesbuch, den Koran, in einem Zeitraum von 23 Jahren Stück für Stück empfangen hatte, die göttliche Erfahrung: das wahre Wissen, die wahren Gefühle, die absolute Freiheit, die wunderbaren Genüsse, für die man bei Menschen kein Beispiel findet, um sie erklären zu können. Dies ist auch im Koran enthalten. Diese Erfahrungen kann man nicht direkt vom Koran durch Lesen oder Schreiben aufnehmen. Dafür muß man zuerst rein sein und mit der Überlieferungskette in Berührung kommen. Diese Kette führt von Gott über Gabriel zum Propheten Mohammad, dann zu einem seiner Nächsten, zum Beispiel Ali,

Abu Bakr oder einem anderen. Dann von Person zu Person bis heute. Diese Kette symbolisiert die Weisheit aller Propheten, an die sich die Sufis angeschlossen bekennen. Die Männer, die die Kettenringe darstellen, nennt man *Silsilat-Schuyouch* oder *Maschaiech*. Einzahl heißt „*Schaikh*" (Scheich) oder „*Murschid*", Führer. Ihre Aufgabe, nachdem sie sich selbst gereinigt haben, ist es, die Angehörigen, die direkten Anschluß zu ihnen haben – die körperliche Handberührung für Männer steht als Zeichen hierfür, für Frauen ist es wieder von Scheich zu Scheich oder von Frau zur Frau unterschiedlich –, auf ihrem Weg zu begleiten und vor Gefahren des Egos zu warnen.

Der Glaube an Gott ist in drei Stufen unterteilt:

Islam, Iman und Ihsan (mit stimmlosem s).

Die erste Stufe: *Islam*. Der Islam wurde auf fünf Säulen gebaut:

Erstens: *Schahādatan*: Man bezeugt, daß kein Gott außer Allah existiert und Mohammad Sein Gesandter ist.

Zweitens: *as-Salātu*: das Gebet fünfmal täglich.

Drittens: *az-Zakātu*: die Vermögensreinigung oder Vermehrung. Man muß 2,5 Prozent von dem, was man von Gott bekommen hat, wieder an Allah in die Hände der Arme zurückgeben. Die kleinen Mengen sind (*az-Zakāt*) frei.

Viertens: *Ramadanfasten*.

Fünftens: *Pilgerfahrt*.

Zweite Stufe: *Iman*. Das heißt, der Glaube an Gott. Diese feste Überzeugung hat sechs feste Bestandteile: den Glauben an Gott, Seine Engel, Seine Bücher, Seine Gesandten, den Jüngsten Tag und an die Vorbestimmung.

Dritte Stufe: *Ihsan*. Das bedeutet „etwas am besten machen" – das Gegenteil von Betrug. Der Moslem soll in allem, was geschieht, Allah sehen, zumindest nicht vergessen, daß Allah ihn sieht.

Das ist die höchste Stufe des Glaubens an Gott, und erst auf dieser dritten Stufe ist die Religion wirklich Religion. Die Scheichs bemühen sich, ihren Schülern – die hier aber auch nicht Schüler heißen, sondern Fokara, „die Armen“ – behilflich zu sein, die *Ihsan*-Stufe anzustreben. Ich will später noch einmal darüber berichten. Die Leute von der Alaouiya-Tariqat in Dortmund gefielen mir. Nach ein paar Monaten wurde ich einer von ihnen. Na ja. Aber meine ...

Familienzusammenführung

... WOLLTE ICH nicht aufgeben. Ich wollte auch meine Familie nachkommen lassen. Dafür brauchte ich eine Wohnung. In der „Rheinischen Post“ waren jeden Samstag mindestens drei Seiten mit Mietwohnungen gefüllt. Um über eine Wohnung zu verhandeln, mußte man am Telefon auf deutsch reden. Eine andere Schwierigkeit dazu waren meine drei Kinder, die den Vermieter abschrecken. Im Prinzip waren alle Wohnungen teurer geworden. Sollte ich eine teure annehmen, so wird sie von der Ausländerbehörde nicht akzeptiert, weil eine bestimmte Summe nach Abzug der Mietkosten für den Unterhalt der Familie übrigbleiben mußte. Da blieb mir nur die Möglichkeit, einen Antrag auf eine Sozialwohnung zu stellen. Eine ganze Etage des Einwohnermeldeamts war dafür zuständig. Ich bekam dort ein Formular, das ausgefüllt werden sollte, und folgende Fragen mußten beantwortet werden: Wo liegt ihre jetzige Wohnung in Deutschland? Wie groß ist sie? Wie hoch ist die Miete? Wie viele Personen wohnen darin? – Ich konnte mit dem Formular gar nichts anfangen, weil meine Familie ja noch in Marokko lebte. Ich hatte nichts weiter als ein Bett gemietet in einem Zimmer gemeinsam mit vier anderen marokkanischen Kollegen. Ich wollte versuchen, der netten Dame zu erklären, daß meine Familie noch ... „Nein“, unterbrach sie mich, „die ganze Familie muß in Deutschland angemeldet sein, und ohne diese Angaben kann ich ihnen leider nicht helfen“, erklärt mir die Dame. In dem Formular verbarg sich also eine Ablehnung der Familienzusammenführung. Mit anderen Worten: keine Wohnung – kein Visum. Kein Visum – keine Wohnung. Dabei beißt sich die Katze in den Schwanz. Und solange die Kinder in Marokko leben: kein Kindergeld.

Eine zweite Frau heiraten?

VIELE KINDERREICHE Marokkaner konnten aus den genannten Gründen ihre Familie nicht nachkommen lassen. Aber wie sollte es weitergehen? Das ganze Leben ohne Frau ist schwer. Auf Dauer fremdgehen, ist keine Lösung. Es ist erstens von Gott untersagt, zweitens kann man ungewollt uneheliche Kinder bekommen mit einer Frau, an der sich mehrere Männer beteiligt haben. Vor diesen ganzen Risiken bin ich gar nicht sicher. Aber im Islam ist es doch erlaubt, zwei Frauen gleichzeitig zu haben, besonders, wenn man dafür ein Bedürfnis hat. „Was ist besser?“ fragte ich mich. Eine Doppelfamilie zu führen, ist weniger Schande, aber im Griff kann ich noch alles haben. Durch die deutschen Regeln und Gesetze bin ich fast dazu gezwungen. Meiner Frau kann ich sowieso nicht helfen. „Mensch, überlege es dir noch mal. Denn ein Zurück von der zweiten Frau würde noch schwerer werden“, dachte ich mir. Drei meiner marokkanischen Freunde, mit denen ich viel zu tun hatte, hatten aus diesem Grund noch eine zweite marokkanische Frau in Deutschland geheiratet, und das war fast islamisch. Sie wären nämlich wenig schuld daran, weil sie der Meinung waren, es sei gesünder, sicherer und besser als Abenteuer.

Endlich geschafft

Ich hatte mir in dieser schweren Zwangstrennungssituation nicht viel Freizeit gelassen, mich mit solchen Gedanken über eine zweite Frau zu beschäftigen. Ich war schon mit der Alaouiya-Tariqat beschäftigt, und das war mein Schutz vor vielen Übeltaten. Gott mußte mir irgendwann einen Ausweg zeigen. Ich mußte sichtbar neben der unsichtbaren Vorbestimmung herlaufen, bis ich sie irgendwann, irgendwo treffe. Der Betriebsleiter erzählte mir einmal, daß die Firma mich wegen meiner Zuverlässigkeit gern als Mühlenarbeiter behalten möchte. Ich war sogar der einzige Springer für drei Abteilungen. Darin sah ich meine Chance. Ich bat ihn zu einem anderen Zeitpunkt höflich, mir eine Bescheinigung für die Behörden auszustellen, nach der mir eine Firmenwohnung zur Verfügung stehe. Ich hatte den Betriebsleiter verstehen lassen, daß meine Frau mich besuchen wolle.

Meine Familie durfte erst den Antrag für den Reisepaß stellen, nachdem sie von mir eine polizeiliche Einladung zugeschickt bekommen hatte. Nach der Vorlage der Firmenbescheinigung bei der Ausländerbehörde durfte ich die Einladung genehmigt bekommen. Meine Eltern waren zu alt. Alle ihre zehn Kinder waren schon einer nach dem anderen aus dem Elternhaus ausgeflogen. Der letzte war ich. Meine Frau, die in ihrem Haushalt wohnte, ersetzte ihnen eine liebe Tochter. Da meine Eltern nicht mehr arbeiten konnten, hatten sie für die drei Enkelkinder nun mehr Zeit. Sie bedeuteten einander mehr als wir. Es ist sehr traurig, wenn die Eltern jetzt außerdem noch die Enkelkinder verlieren sollten. Ich will mit meinen Eltern in Verbindung bleiben und von Deutschland aus für sie stets im Einsatz sein. Aber das haut nicht hin. Sie wünschten sich, daß ich bei ihrer Beerdigung dabei sein und die Abschiedszeremonie selbst leiten würde. Ich, der Islamgelehrte, ihr Sohn. Meine Eltern konnten mir bei der Ausstellung der Formalitäten für den Reisepaß nicht helfen. Mein Freund Ahmed ließ seine Geschäftsangelegenheiten liegen und setzte sich für mich bei den Behörden in Marokko ein. Er nahm meine ahnungslose Frau alle paar Wochen mit, um wichtige Dokumente zu unterschreiben. Nach vier Monaten bekam sie ihren Reisepaß, gültig auch für unsere drei Kinder, die dort mit eingetragen wurden. Nun sind sie reisefähig.

Traurig, traurig

MEIN NEFFE, in meinem Alter, der in Deutschland bei der Firma Henkel beschäftigt war, freute sich über meine Familienzusammenführung. Damit ich die teuren Flugtickets sparen konnte, überließ er mir seinen schönen Mercedes 200 D für diesen Umzug. Im Marokkanerclub in Düsseldorf fand ich dann einen Begleiter, der mich beim Fahren nach Marokko ab und zu abgelöst hat. Meine Eltern waren die ganze Zeit über traurig. Sie konnten nichts Besseres tun, als meine drei lieben Kinder, 8, 11 und 12 Jahre alt, auf ihren Schoß zu nehmen und sich damit selbst zu trösten. In der Regel hatte ich immer vier Wochen Urlaub bei ihnen verbracht. Um es ihnen in ihrer Trauer leichter zu machen, vermied ich es, davon zu sprechen, daß es dieses Mal nur zwei Wochen sein würden. Im Gespräch hatte ich sie verstehen lassen, daß ich lange da sein würde. Ich mußte nie lügen, aber sollten sie mich an irgend etwas erinnern, was ich noch zu erledigen habe, dann antworte ich darauf: „Dafür habe ich noch Zeit." Am letzten Tag, kurz nach dem Frühstück, verstaute ich ohne Hilfe meiner Frau alle heimlich gepackten Sachen in fünf Minuten im Auto. Meine schwach gewordene Mutter war bei diesem schweren Abschied durcheinander gekommen und rief: „Das ist nicht wahr! Wollt ihr wirklich ...

Ins Exil gehen?

... UND UNS HIER allein zurücklassen? Wie können wir es ertragen, in diesem Alter allein zurückzubleiben, nachdem wir zehn Kinder zu Männern und Frauen erzogen haben?" Sie hat es dabei aber geschafft, ihre Tränen auf den Wangen zu vergießen. Nach einer Weile der Sprachlosigkeit sagte sie zu uns: „Geht, meine Kinder, ich werde monatelang weinen, aber irgendwann werde ich damit aufhören. Dann hast du wenigstens deine Kinder in der Nähe. Sie brauchen dich auch sehr." Mein Vater war nicht weniger betroffen. Aber er hatte für das sogenannte Weglaufen aus dem lieben Heimatland mehr Verständnis. Ein Abschiedstrost, wo Tränen das Herz bedrücken – in meinen Augen ist in der Welt alles dunkel geworden. Aber lieber ins Exil fliehen, als in dem warmen Heimatland unter seinem blauem Himmel hilflos leben. Vielleicht werden wir irgendwann doch endgültig wieder zurückkommen können. Vielleicht...? Und meine Mutter mußte verstehen lernen, daß der Sand von meiner Fußspur nichts gebracht hatte. Ihre Tränen konnte ich nicht verhindern, aber sie trösten mit Wort und Tat schon. Sechs Personen standen vor unserer Haustür und putzten sich die Tränen mit den Ärmeln vom Gesicht. Ich mußte Gas geben und habe es nicht gewagt, mich umzudrehen, zurückzuschauen. Gas geben und weg! Erst als ich ein paar hundert Meter weg war, liefen dann auch meine Tränen. „Ich darf beim Fahren nicht die Orientierung verlieren", dachte ich mir.

Drei Tage später trafen wir dann in Deutschland ein. Aufgrund der Wohnungsbescheinigung meiner Firma konnte ich meine ganze Familie bei der Ausländerbehörde anmelden. Eine Unterkunft für meine Familie mußte ich irgendwo anders suchen. Drei verwandte Männer in meinem Alter boten mir eine vorübergehende Aufnahme an. Einer von ihnen war mein Cousin, der in einer 60 Quadratmeter großen Wohnung mit sechs Personen lebte. Er überließ mir als Dauergast sein Kinderzimmer, das fünfzehn Quadratmeter groß war, und teilte mit uns die Bettwäsche. Die Bereitschaft zu einer solchen Solidarität konnte ich an meine Kinder nicht weitergeben. Das wäre für sie einfach zu viel gewesen.

Diese Krise mußte ich meistern. Ärztliche Untersuchungen für die gesamte Familie, Versicherungsausweise besorgen, Schulanmeldungen usw. Und das alles zunächst auf der falschen Adresse. Mit der Bescheinigung meiner Firma konnte ich endlich einen WBS (Wohnberechtigungsschein) beantragen. Durch eine Beziehung konnte ich eine mit öffentlichen Mitteln geförderte Wohnung bekommen. Nun denke ich zunächst nicht mehr daran, eine zweite Frau zu heiraten. Jetzt muß ich zeigen, wie gut ich meine Kinder erziehen kann. Sie dürfen ihre Muttersprache nicht verlernen. Und irgendwann, wenn sie mich verstehen können, werde ich mit ihnen über das Sufitum sprechen. „Das ist der wahre Islam", dachte ich mir. Zunächst kaufte ich nach und nach einige Gebrauchtmöbelstücke oder bekam etwas geschenkt. Die Schulden bei der Bank mußten termingemäß zurückgezahlt werden. Langsam normalisierte sich das Leben. „*Alhamdu lillah*" – Preis sei Gott! Die Familie lebt jetzt in Deutschland und hat schon fast alles im Griff. Für mich ist das Leben: sich bemühen und sich wünschen. Die Sehnsucht nach meiner Heimat hat mich fest besetzt und will mich nicht mehr freilassen. Aber darauf bin ich stolz. Ich weiß, daß ich früher oder später einmal in einem Sarg endgültig zurückkehren werde.

In Deutschland ist mein Leben zehnfach leichter als in meinem Heimatland. Dort war ich überflüssig. Ich war nicht der Typ, der gegen Geld Arbeit finden kann. Mein Titel „Ssi" war schon entwertet. Ich war dort weder kranken- noch arbeitslosen- und auch nicht rentenversichert. In Deutschland dagegen habe ich all das und dazu noch mehr Schutz, mehr Sicherheiten: Wohngeld, Kindergeld, Erziehungsgeld, Steuerermäßigung, im Notfall Sozialhilfe und mehr.

Weshalb kamen so viele aus Nador?

Die meisten Marokkaner in Deutschland kommen aus der Hafenstadt Nador an der Mittelmeerküste, in Nordostmarokko. Diese Stadt scheint sehr groß zu sein. Im Gegenteil. Nador hat zwei Kinos, ein Postamt und ein Krankenhaus. Sie hat weder einen Zugbahnhof noch einen Flughafen. Nador ist eine kleine Stadt. Ich habe auch Schwierigkeiten beim Forschen nach die Einwohnerzahl. Also warum kommen so viele Marokkaner aus einer so kleinen Stadt nach Deutschland? Dafür gibt es mindestens zwei Erklärungen: Marokko war von den Spaniern und Franzosen durch zwei geteilt worden. Die Rif-Region war von den Spaniern besetzt, die relativ rückständig in der Spanischlehre waren. Nach der Unabhängigkeitserklärung entschied sich Marokko für Französisch als erster Fremdsprache. So landeten die französisch sprechenden Marokkaner in Frankreich und hatten dort weniger Schwierigkeiten. Die Marokkaner aus Nador und um Nador, die fließend Spanisch sprachen, konnten mit Französisch nicht viel anfangen. Deshalb mußten sie dorthin weiterziehen, wo es weniger Konkurrenz bei der Arbeitsuche gab. Und das waren Deutschland, Holland, Dänemark oder Schweden. Außerdem sind etwa nur ein Prozent der sogenannten Nadorer wirklich aus der Stadt Nador. Der Rest kam aus den abgelegenen Dörfern im Rifgebirge aus einer Entfernung von bis zu drei Fahrstunden. Über die Herkunft dieser Marokkaner sagt man einfach, sie kämen aus Nador, weil ihr Dorf völlig unbekannt ist.

Kind mit zwei Gesichtern

MEINE GESCHICHTE ist nicht nur von guten Erfahrungen geprägt, sondern auch von schlechten Erfahrungen, die ich für wert halte, daß man sie kennt. Für mich war es doch leichter, in Deutschland mit manchen Problemen zu leben, als eine Rückkehr in das Heimatland zu unternehmen, die noch schlimmer sein konnte. Und hier muß ich den verehrten Lesern mitteilen, daß ich beim Erzählen solch unangenehmer Ereignisse keine Wut mehr empfinde. Ich habe sogar Spaß daran, mein Inneres dadurch zu entlasten. Ich werde meine Meinungen vertreten, ohne irgend jemanden davon überzeugen zu wollen. Ich kann mich hier auch nicht von großen Denkfehlern freisprechen. Hauptsache, daß man die Gedanken eines Marokkaners ungefähr abschätzen kann.

„Gut" bei der Schularbeit heißt auf arabisch „*hassan*". Meine Kinder hatten in der Heimat öfters von ihren Lehrern in ihren Noten „*hassan*" bekommen. Dementsprechend müssen sie auch fähig sein, Deutsch zu lernen. Bei der Schulanmeldung in Düsseldorf wurde ich darauf aufmerksam gemacht, daß diese Schule zwar eine evangelische Schule sei, daß hier aber keiner etwas gegen andere Religionen habe. Damit meine Kinder aufgenommen werden konnten, mußte ich eine Erklärung unterschreiben. Meine älteste Tochter, Karima, war damals zwölf Jahre alt und von zu Hause an das Tragen eines Kopftuches gewöhnt. Sie fühlte sich wohl damit und trug es gern weiter. In ihrer Klasse waren nur zwei Schülerinnen, die ein Kopftuch trugen. Diese beiden Mädchen sprachen nur wenig Deutsch und waren vielleicht deshalb etwas schüchtern. Niemand kann ihnen helfen, wenn sie von den Schulkameraden wegen ihres Kopftuches als altmodisch angesehen werden. Die Lehrerin hatte mehr oder weniger Mitleid mit meinem vielleicht „unterdrückten“ Kind. Sie mußte für sich daran arbeiten, daß ihre Klasse etwas schöner aussieht. Sie war ja in einer fast internationalen Klasse. Mit einer multikulturellen Klasse kann die Lehrerin nur schwer zurechtkommen, aber mit einem multireligiösen Verein schon gar nicht. Bei solchem Durcheinander verlieren die Schüler die Orientierung. Die Lehrerin mußte also dafür sorgen, daß die Religionsunterschiede in der Klasse nicht unnötig betont wurden. Das tat sie, indem sie den Schülern ihre Meinung mitteilte, ohne eine Religion zu bemängeln.

Manchmal trifft das Bemühen nur knapp hin, und schon werden die Eltern verletzt. Ein Beispiel hierfür: Nach ein paar Jahren wechselte Karima durch unseren Umzug die Lehrerin. So tolerant wie die erste war die neue Lehrerin nicht. Sie war es vielleicht nicht gewohnt, marokkanische Schülerinnen mit Kopftüchern in ihrer Klasse zu haben. Nun hatte sie zwei davon auf einmal, durch welche die Klasse ihr Aussehen veränderte. Es war an warmen Sommertagen. Die neue Lehrerin hatte Mitleid mit dem Mädchen, das vielleicht gezwungen wurde, auch im Hochsommer das Tuch zu tragen und sich so quälte. „Ist es dir mit dem Kopftuch nicht zu warm?“ fragte sie höflich. Karima war so wütend und wollte nichts anderes tun, als es mir auch so trocken weiterzuerzählen. Ich glaube, daß die Lehrerin über das Tragen von Kopftüchern durch Diskussionen in den Medien und Demonstrationen in ganz Europa aufgeklärt war. Sie mußte gewußt haben, daß ein Kopftuch weder mit Kälte noch mit Wärme verbunden ist, sondern entweder aus traditionellen oder aus religiösen Gründen oder aus beiden Gründen getragen wurde. Und es ist leicht zu verstehen, daß ein Wüstenkind den Hochsommer in Deutschland im Vergleich zu seinem Herkunftsland als angenehm kühl empfinden wird. Andererseits müßte man als Pädagoge doch merken, ob nicht schon die Frage allein das Kind verletzt. Karima konnte sich nicht wehren, weil sie Sprachschwierigkeiten hatte und noch ein Kind war, das über solche Dinge nicht gerne diskutiert. Sie war aber stolz genug, das Kopftuch weiter schweigend zu tragen. Hoffentlich war das die letzte Kopftuchfrage gewesen.

Nach gut einem Monat erzählte mir Karima, daß sie keinen Spaß mehr in der Schule habe. Die Lehrerin hatte sie gefragt, ob sie Haarausfall habe. Für mich war auch dies eine dumme Frage. Ich meine, die Lehrerin selbst würde auf eine solche Frage in der Öffentlichkeit auch sauer reagieren. Wenn sie tatsächlich einen Verdacht auf eine Erkrankung gehabt hätte, so hätte sie mit Karima unter vier Augen sprechen müssen. Das wäre korrekt gewesen. Karima beantwortete die Frage mit „nein" und fertig.

Immer öfter fällt mir auf, daß die Kinder die „Freiheit" besingen.

Mein Sohn sprach über andere Väter nur negativ. So sagte er zum Beispiel, sie seien dumm, geizig und wollten nichts dazulernen. Meint er. Der Kampf um das Kopftuch ging weiter. Eines Tages kam die Lehrerin zur Sache: „Du, Karima, sei mal ehrlich! Ist es der Vater, der dich dazu zwingt, das Kopftuch dauernd zu tragen?" fragte sie. Die verneinende Antwort war für sie nicht glaubwürdig. Das Gespräch wird auf die Volljährigkeit gelenkt, wo moslemische Mädchen endlich machen können, was sie wollen.

Es wäre schön gewesen, wenn ich mich damals für meine Tochter hätte einsetzen können, aber es war mir zu riskant. Ich konnte es aus mehreren Gründen nicht tun. Zum einen arbeitete ich, und wenn ich mir freinehmen mußte, dann für etwas sehr Wichtiges. Ich war für meine ganze Familie im Einsatz, wenn es um Arztbesuche, Bankangelegenheiten, Ausländerbehörden, Wohngeld, Kindergeld usw. ging. Zum anderen war ich mir nicht sicher, daß es dem Kind nach einer Auseinandersetzung mit der Lehrerin besser gehen würde. Nehmen wir einmal an, ein Marokkaner wäre wütend und wollte sich mit dem deutschen Lehrer auseinandersetzen. Dazu braucht er vor allem Sprachkenntnisse, Gesetzeskenntnisse, Kenntnisse über die

Schulordnung. Außerdem sollte er ein wenig schreiben und lesen können, was aber die meisten Marokkaner nicht können. Daß es ein Lehrerkomitee gibt, weiß ich erst seit kurzem. Ein deutscher Lehrer und ein marokkanischer Bauer haben nicht das gleiche Niveau. Trotz des großen Unterschieds weiß der marokkanische Bauer aber schon, daß der deutsche Lehrer meistens ein Christ oder Atheist sein muß. Er kann also einem moslemischen Kind nur das vermitteln, was er selbst im Kopf hat. Den Eltern fällt es dann schwer, das Kind später zu verlieren oder zu sehen, daß es für sie zu Hause zu einem Gegner wird.

Meine 85jährige Mutter besuchte uns vor zwei Jahren in Düsseldorf. Sie war nicht sehr glücklich, daß meine drei Schulkinder alle ihre Fragen in der Berbersprache ausschließlich mit kurzem Lächeln beantworten konnten. Wir, ihre eigenen erwachsenen Kinder, haben nicht nur von den Lehrern gelernt, sondern auch von unseren Eltern. Deshalb versuchen marokkanische Eltern, ihre Kinder in die Richtung zu ziehen, die sie für richtig halten. Meiner Meinung nach denken die meisten Eltern dabei weniger an Religion als an materielle Dinge. Wir wissen, daß wir kommunikationsunfähig sind und verzichten deshalb auf schwierige Diskussionen mit Lehrern.

Wir sehen hier in Deutschland, daß die deutschen Familien – anders als immer noch in Marokko – nicht mehr zusammenhalten. Wir, die marokkanischen Mitbürger, möchten auch, daß unsere Kinder vielleicht einmal Astronauten oder Flugkapitäne werden. Aber nicht, daß sie uns – durch welches Studium auch immer – wegen unserer Formen und Normen den Vogel zeigen. Ein Schüler, der soweit gekommen ist – und das sind schon viele – schadet sich selbst mehr als seinen Eltern. Wo der Streit mit den Eltern anfängt, da hört der Schulerfolg auf. Egal, wer der Angreifer ist. Manchmal fallen beide einem Dritten zum Opfer. Diese Kinder sind dann eine schwere Last auch für den Staat.

Die meisten marokkanischen Schulkinder hätten gern ihr Leben allein im Griff, aber das ist unmöglich. Ein Minderjähriger kann nicht unabhängig sein. Die Finanzen, Sicherheit, Formalitäten, Bildung usw. lassen sie auf ihre Eltern angewiesen sein. Um Streitereien zu vermeiden, basteln sich die Kinder mindestens zwei ungleiche Masken. Eine für Zuhause: ein normales Kind mit ein wenig Schüchternheit. Die andere Maske für den Lehrer: ein normaler Schüler mit sehr wenig Interesse an Politik und Religion. Dabei müssen sie leider zusehen, wie ihr Leben zwischen Vater und Lehrer zerrieben wird. Das maskenlose Gesicht zeigen sie ausschließlich unter gleichaltrigen Landeskameraden.

Ja, tolerant sollen beide Parteien sein. Man muß es heute sogar sein. Aber alles hat seine Grenzen. Man soll etwas tolerieren, was einen nicht direkt negativ berührt. Und um das definieren zu können, benötigt man Informationen, wahre Informationen. Der große Fehler steckt darin, daß wir Menschen von Lebenserfahrungen zu langsam lernen und zu schnell handeln. Ich habe gelernt, daß alle Konflikte nichts anderes als Zeit brauchen. Irgendwann gewöhnen sich alle Seiten an die Kulturunterschiede.

Die marokkanischen Bauern sind, seit sie in Deutschland leben, angefangen von 1960 bis heute, ehrlich und sauber. Das beweisen die Akten. Die meisten wurden zu Bauern ausgebildet und haben dann im Alter von zwanzig Jahren ihre Heimat verlassen und sind nach Deutschland gegangen. Dort blieben sie durchschnittlich dreißig Jahre. Schmutzige Akten in diesem Zeitraum gehören für sie zur Seltenheit.

Ach so, dann trug Karima das Kopftuch weiter. Eines Tages sehe ich, daß sie es aufgegeben hat, besiegt worden ist. Keine Kopfbedeckung mehr. Ich fragte: „Was ist wieder passiert?“ „Gar nichts“, antwortet sie. „Wir wurden ausgeschlossen. Keiner mehr hat Lust, mit uns zu spielen oder zu reden. Nur meine Freundin und ich. Das können wir nicht mehr ertragen“, fügt sie hinzu. Seit dieser Zeit ließ sie ihre schönen lockigen langen schwarzen Haare offen und ließ sie sich von Zeit zu Zeit schulterlang kurzschneiden. Damit war sie nicht mehr auffällig. Jetzt wurde sie als normal angesehen. Später bekam sie leicht ihre Arbeit. Dann heiratete sie und brauchte nicht mehr zu arbeiten. Da nahm sie ihren Stolz wieder auf und trägt seitdem wieder ungestört ihr Kopftuch. Es ist mir auch im Islam erlaubt, besonders hier in Europa, dem Kopftuch gegenüber neutral zu bleiben. In Ausnahmefällen sogar dagegen zu sein. Es ist mir klar, daß dieser Satz vielen moslemischen Brüdern nicht schmekken würde. Ich habe es aber immer zu ihnen gesagt und möchte es hier schriftlich wiederholen: „Wenn das Tragen oder Nichttragen des Kopftuches meine Familie zerstört und Nichtmuslime mich zur Rechenschaft ziehen, muß ich es als Moslem sein lassen und meine Familie schützen."

Ich verstehe unter Freiheit, daß man in seinem Leben machen kann, was einem selbst, und nicht den anderen, Spaß macht. Die Wunschserie eines Menschen ist unendlich. Freiheit dagegen muß begrenzt sein und kann doch immer noch Freiheit heißen. Eine Grenze muß stehen, sonst geht man ins Verderben. Und wo steht unsere Grenze? Kein Mensch, mit Ausnahme der Propheten, kann uns das genau sagen. Freiheit ist, daß ich mein Kind islamisch erziehen darf und daß meine Tochter mit dem Kopftuch auf der Straße ungestört und gerade laufen darf, und nicht krumm und verkrampft wegen der Unzufriedenheit der anderen. Es wird hin und wieder den Vätern vorgeworfen, sie hätten ihre Kinder, besonders die Töchter, unterdrückt. Das behaupten Medien und die Töchter, die es eilig haben, erwachsen zu werden und ihre Gefühle befriedigt zu bekommen. Es gibt Tausende von Vätern, die vor Wut schreien könnten: „Die Schule, genauer gesagt, die moderne Erziehung hat unsere ratlosen Kinder dahin gebracht, so aggressiv gegen uns zu reagieren." Die Wahrheit ist, daß der Punkt der Mitte noch nicht gefunden ist.

Ich gebe hier zu, daß wir, die Väter, auch unsere Fehler haben. Wir wollen in Deutschland religiöser sein als zu Hause. In manchen Fällen verlangen wir etwas, das es sogar bei uns zu Hause nicht gibt. Wir vertrauen unseren Moscheen, die am meisten über den Schleier, über *Hidschab*, sprechen. Wir haben kaum Zeit für unsere Kinder, weil wir in unserer Freizeit beten gehen wollen.

Viele tolerante Personen beider Seiten, Christen und Moslems, arbeiten schon seit Jahren an diesen Problemen, aber die meisten von ihnen haben entweder nichts zu bestimmen, oder sie haben keinen Zugang zu den Medien. Und wenn doch, dann freundlich sortiert.

In Marokko ist dies kein Thema. Dort kann jedes Mädchen mit oder ohne Kopftuch in die Öffentlichkeit gehen. Jede hat die absolute freie Wahl. Es kommt aber drauf an, wie jedes Mädchen sein Kopftuch sieht: als Schutz oder als Gefängnis.

Das Wort „Freiheit" ist sicher auch mißbraucht worden, wenn man aus Verbotenem Erlaubtes macht oder umgekehrt. In Deutschland wird nicht geheiratet, bevor man es nicht miteinander probiert hat. Und bei Nichtgefallen sucht man natürlich weiter, und zwar absolut selbständig. Es gibt viele Mädchen, die es mit zehn oder dreißig Männern probiert und trotzdem noch nicht den Richtigen gefunden haben. In Ordnung; die Gesellschaft akzeptiert so etwas. Und mein Ego auch. Aber das darf man sich auch als Christ nicht erlauben. Sonst müssen sich die Christen mit ihrer Religion auseinandersetzen. Für meine Tochter möchte ich es gern anders haben: erst heiraten und dann Geschlechtsverkehr. Die marokkanischen Mädchen, die ihre „Freiheit" genießen wollten, müßten zunächst einmal von zu Hause fortlaufen, geplant oder nicht geplant. Und zwar, weil es ihnen der Vater aus islamischer Sicht verbieten muß. Dann hätten sie die Freiheit, es mit jemandem zu probieren; aber früher oder später haben sie dann weder einen Mann noch eine Familie. Kein marokkanischer Mann will sie mehr haben. Weder als Frau noch als ehrliche Tochter. Für sie ist mit dieser Probe alles ruiniert.

Ja, es ist richtig. Die Söhne schaffen sich mehr Freiheit als die Töchter. Dafür gibt es viele Gründe: Ein Sohn kann ohne Vater eher zurechtkommen und weniger Schwierigkeiten haben als die Tochter. Eine Tochter dagegen nicht. Deshalb fühlt sich der Vater für sie mehr verantwortlich. Sollte eine Frau mit mehreren Männern geschlafen haben, bekommt sie dadurch den Titel „Hure", und das berührt den Vater direkt. Einen Mann, der so handelt, nennt man Macho oder ähnlich. Dabei verliert der Vater nicht sein Gesicht, zumindest nicht nach marokkanischer Tradition. Eine Tochter kann schwanger werden von einem unbekannten Macho. Das kann für den Vater eine schwere Last sein. Ein kräftiger Sohn kann bei eventuellen Auseinandersetzungen zurückschlagen. Dabei muß der schwach gewordene Vater dann nur zustimmen. Und die marokkanische Tradition kennt beim Geschlechtsverkehr nur sehr wenig Schande für Männer, wohl aber für Frauen. Und jedesmal wird der Vater automatisch mit beschmutzt. Mit anderen Worten: durch einen Ehefrau- oder Tochterskandal verliert der Ehemann oder Vater sein Gesicht. Im umgekehrten Fall werden die Frauen nur sehr wenig beschämt oder gar nicht. Bei einer Vateraufregung geht es also mehr um den Stolz des Vaters als um den Stolz der Tochter. Deshalb muß ein Sohn, um nicht auffällig zu sein, hier immer wieder einmal „unter Zwang sündigen", wobei er deshalb nicht unbedingt vom Elternhaus weglaufen muß. Nach großen Auseinandersetzungen schläft er bei anderen Kameraden im Keller, mit der Absicht, in ein paar Tagen wieder nach Hause zurückzukehren. Dabei nutzt er die Gelegenheit, sich mit verschiedenen Rauschgiften zu beruhigen. Und in kurzer Zeit ist er drogensüchtig, wovor gerade der Vater Angst hatte.

Eine Tochter kriegt natürlich weniger Freiheiten. Sie ist zum Beispiel fünfzehn Jahre alt und hat sich bereits verliebt. Zunächst muß sie Beweise gegen ihren Vater sammeln und üben, in welcher Reihenfolge sie die furchtbaren Ereignisse erzählen soll. Aber dazu reicht die Wahrheit allein nicht aus. Sie wird von ihren Gefühlen gesteuert, und ihr Vater wurde aus ihrer Sicht zum Dracula, so daß sie sich vor ihm rund um die Uhr in acht nehmen muß. So frei kann sie bei ihrem Vater nicht leben. Also läuft sie weg zum Jugendamt mit der Begründung, sie sei zu Hause eingesperrt. Da wird sie zunächst aufgenommen, und der Vater muß dann beim Jugendamt vorsprechen. Er unterschreibt eine Bescheinigung, daß er die Kosten für die wenigen Tage im Kinderheim übernimmt. Sollte er ein ausreichendes Einkommen haben, kann es passieren, daß sich die Rückkehr der Tochter noch länger verzögert. Sollte er aber verschuldet sein und kaum Einkommen haben, dann wird sie mit ihm nach Hause geschickt. Die Chance dieser Töchter steckt in der Armut des Vaters. Die Kinderheime sind nur für solche Notfälle da und nicht als Wohnanstalt gedacht. Irgendwann müssen die alten Bewohner heraus und Platz machen für die Neuen. Diese ratlosen, armen Kinder, die nicht im Kinderheim bleiben dürfen, können sich nicht selbständig machen. Sie haben weder einen Schulabschluß noch einen Verstand. Sie haben alles verlernt außer spucken, ohne Taschentuch die Nase zu schnauben und unordentlich zu sein. Sie müssen zusammenhalten und gehen scharenweise zum Bahnhof, Volksgarten oder anderen bekannten Treffpunkten. Etwas anderes, als sich so oder so mit Drogen zu beschäftigen, können und wollen sie nicht.

Die marokkanischen Eltern wollten mit etwas Hartnäckigkeit so etwas Furchtbares verhindern. Und dann mußten viele deswegen doch zur Rechenschaft gezogen werden. Das Jugendamt, Kripo, AWO, die Lehrer und das Gericht haben den scheinbar armen Kindern fast alles geglaubt, womit diese ihre Eltern anklagten. Da bekamen sie das Recht, zunächst ihre Familie zu tyrannisieren. Im zehnten Schuljahr, in dem sie wegen ihrer Faulheit durchfallen müssen, brechen sie dann aus, weil sie sich inzwischen für Drogensucht und Kriminalität entschieden haben. Sie brechen aus dem Elternhaus aus und suchen andere Gegner, weil die barmherzigen Eltern besiegt worden sind. Die meisten Eltern sprechen sich dann von ihren Kindern frei, wenn der 16jährige Sohn in Handschellen vor der Tür steht, weil sie kein Recht hatten, ihn marokkanisch zu erziehen. Die ratlosen Polizisten erlauben uns erst dann wieder – unaufgefordert und nach 20 Jahre Kampf –, gegen unsere Kinder hart zu reagieren.

Diese erwachsen gewordenen Kinder, für welche Eltern nicht mehr haften müssen, zahlen nicht alleine den Preis dafür, sondern auch der Staat. Erst wenn sie im Knast gelandet sind, werden sie die Barmherzigkeit der Eltern abschätzen und vielleicht spüren, daß es zu spät ist.

Klaus Schuenemann.

Wir fassen durch die ganzen Erzählungen zusammen, daß die marokkanischen Eltern das islamische Kopftuch hochhalten, solange es ihnen den Respekt ihrer Töchter sichert. Wenn nicht, lassen sie es fallen.

In vielen Auseinandersetzungen geht es nicht um Religion, sondern um traditionelles Erbe, wo sich der mehr deutsch gewordene Sohn von seinem berberisch gebliebenen Vater trennen muß.

Herunter mit der Maske!

VIELE SIND der Meinung, Moslems seien nicht anpassungsfähig. In welcher Form wir das nicht sind, wollte uns keiner erklären. Am meisten fordert man eine unbeschränkte Anpassung, bei der vielleicht die Reste der Kultur und der Religion aufgegeben werden sollen. Man sagt einfach: „Wenn du in Deutschland leben willst, dann mußt du versuchen, wie wir Deutsche zu leben." Ab und zu fügt man hinzu: „Man sollte versuchen, mit den Deutschen Kontakt zu knüpfen."

Ich glaube, wenn ich anstelle eines Deutschen wäre, dann würde ich auch nicht anders denken. Mich würde auch sehr beunruhigen, so viele fremde, anderes gekleidete Frauen und Männer auf der Straße zu sehen, die unordentlich viel Brot und sackweise Kartoffeln kaufen gehen, und wenn ich einmal mit der Bahn fahre, dann muß ich fertig mit den Nerven aussteigen, weil sie sich sehr laut in einer komischen Sprache unterhalten, bis man denkt, sie seien miteinander im Streit. Ob sich diese Frauen überhaupt die Haare kämmen oder vielleicht kurzschneiden, weiß man nie.

Und sie denken vielleicht: „Sie sollen ihre Maske herunternehmen und uns verstehen lassen, was sie unter dem Kopf(tuch) und im Herzen haben. Sie vermehren sich in einem zu schnellen Tempo, während wir uns vermindern, was uns Deutsche bald in unserem Land zur Minderheit macht oder uns fremd werden läßt. Diese Stürmer, die unser Vaterland mit besetzen und es trotz der Arbeitsmarktverschlechterung nicht verlassen wollen, müssen sich uns anschließen und unsere Kultur annehmen, wenn sie unter uns in Deutschland leben wollen! Wir würden nie auf unsere Kultur in unserem Zuhause verzichten. Was würde dann mit uns Deutschen geschehen, wenn sie irgendwann in der Zukunft versuchen wollen, unsere Landespolitik zu beeinflussen, was sie aber mit Sicherheit machen würden!" So ähnlich würde ich auch denken.

Anstelle eines ausländischen Mitbürgers würde auch ein Deutscher sagen: „Wir sind aber nun einmal da mit unserem Licht und unserem Schatten!" Und auch die Politiker haben mit uns Probleme, mit denen sie fertig werden müssen. Das aber ist keine Sache der Spontaneität, sondern des Nachdenkens. Es geht nicht nur um das Zusammenleben, sondern in manchen Fällen gar um Leben und Tod. Und die Lösungen können nicht von heute auf morgen gefunden werden. Ich muß es noch einmal hier betonen, daß unsere Probleme, oder genauer gesagt, Probleme mit uns, nichts anderes brauchen als Zeit, dann lösen sie sich zu neunzig Prozent von ganz allein. Über die restlichen sollte man – nicht nur unter sich, sondern auch mit uns – weiter diskutieren.

In Marokko leben Tausende von Christen und Juden europäischer Herkunft, auch bereits in zweiter oder dritter Generation. Unter ihnen waren oder sind Fremdsprachenlehrer, Ärzte, Ingenieure, Kaufmänner oder einfache Handwerker. Sie blieben oder bleiben für ihr ganzes Leben da. Die meisten von ihnen sind auch nach vierzig Jahren Aufenthalt in Marokko nicht in der Lage, sich marokkanisch zu unterhalten. Keiner von ihnen, soviel ich weiß, wollte es einmal probieren, sich marokkanisch anzuziehen und so auf die Straße zu gehen. Wenn es trotzdem einmal passiert, dann nur, um sich so fotografieren zu lassen. Kein Marokkaner warf ihnen vor, sie seien anpassungsunfähig. Niemand hat gesagt: „Wer in Marokko leben möchte, der muß so leben, wie ein Marokkaner es tut." Im Gegenteil. Viele Marokkaner ahmen sie nach, ohne daß es ein Thema sein muß.

Die Kinder sind für mich ehrlicher und glaubhafter als die Erwachsenen. Ich ging in Düsseldorf einmal absichtlich marokkanisch angezogen auf die Straße. Einige von ihnen haben es gewagt, mir persönlich mitzuteilen, daß die Kleidung aber komisch aussehe. Ein anderer fragt, ob ich Karneval habe, und die meisten sprachen mit ihren Eltern negativ darüber.

Wir haben alles mitgemacht. Wir tragen statt langer Kleidung Anzüge und Krawatten, statt Kamele mitzubringen, fahren wir Autos. Auf dem Boden zu sitzen, darauf haben wir auch verzichtet und setzen uns jetzt auf Stühle. Wir essen in der Öffentlichkeit mit Besteck statt mit Fingern, und statt vom gemeinsamen Teller essen wir zwangsläufig (in der Öffentlichkeit) getrennt usw. Es ist nicht korrekt, etwas von Hassan zu verlangen, was Helmut im umgekehrten Fall an seiner Stelle nicht machen würde.

Über den Kontakt zu Deutschen, besonders zu deutschen Nachbarn, möchte ich folgendes erzählen, und das ist kein Märchen, sondern ein wahrer Bericht: Streit unter den marokkanischen Nachbarn gibt es auch in Marokko hin und wieder. Aber bei großen Ereignissen, zum Beispiel wenn einer sich von seiner Frau scheiden lassen will oder bei einer Körperverletzung zwischen zwei oder mehreren Personen oder sogar Mord, fühlen sich einige geachtete ältere Männer und Frauen aus dem Dorf dazu verpflichtet, die Sache zwischen beiden Parteien wieder zu regeln. Sie haben die Begabung, das Unmögliche durch ihre Vermittlungen möglich zu machen. Dann sind die Feinde in Kürze wieder Brüder. Der Angreifer zahlt an seinen Streitpartner dem Schaden entsprechend eine Gabe, zum Beispiel etwas Geld und ein Lamm zum Schlachten für den Abend, an dem sie zusammenkommen. Es gibt aber immer wieder diesen oder jenen Grund, mit dem neu zugezogenen Nachbarn Kontakt aufzunehmen. Man weiß, daß diesem neuen Nachbarn noch etwas fehlen muß, Hausrat, Lebensmittel oder aber Wasser. Wenn dort ein neuer Nachbar einzieht, braucht er sich am ersten Tag nicht um das Abendessen zu kümmern. Das machen die einheimischen Nachbarn. Er wird herzlich begrüßt und ein Abend zum Kennenlernen bei ihm angeordnet. Ein Hahn wird geschlachtet, gebraten, dazu genügend Soße und Couscous, dann bringt man das zu ihnen. Das haben meine Eltern schon einige Male gemacht. Man lernt den neuen

Nachbarn vom Einzugstag an mit seinem Namen und seinem Stamm kennen. In der Nachbarschaft geschieht immer wieder etwas: Geburt, Sterbefall, Heirat, Pilgerfahrt, Verlobung, Beschneidung. All das wird tagsüber oder nachts gefeiert, und dazu werden alle Nachbarn in die Wohnung eingeladen. Bei solchen Treffen lernt man sich mühelos kennen. Um nicht allein zu bleiben, muß man mitmachen, Kontakt zu den anderen pflegen. In Deutschland ist man versorgt (sozial versichert), und man kann sich vom anderen unabhängig fühlen. Hier hat man es nicht nötig, eine Nachbarschaft zu pflegen. Zur Gestaltung der Freizeit gehört man einer Gruppe an, die einen vielleicht nicht kennt, fertig. Daher ist eine Bekanntschaft zwischen zwei deutschen Nachbarn schwierig geworden. Und eine Bekanntschaft zwischen Deutschen und Nichtdeutschen ist schon wegen des Unterschieds in der Sprache, der Kultur, des Niveaus oder der Religion fast unmöglich. Wenn es doch möglich wäre, dann mit älteren Damen, die viel Zeit und keine Verwandten mehr und auch sonst niemanden mehr für ein Gespräch haben.

Man braucht doch die ganzen Formen, die man nicht gewöhnt ist, gar nicht zu kritisieren, weil diese mit der Zeit von ganz allein entweder von mir abgelegt oder von dir akzeptiert werden, und das geschieht ganz locker und friedlich. An die restlichen fremden Gewohnheiten wird man sich ungezwungen gewöhnen. Ein Beispiel: Henna, das Heilkraut, mit dem man Haare und Haut rot färben kann, wurde von Arzthelferinnen, die eine Fingerblutprobe abnehmen müssen, als Dreck angesehen. Dann mußte meine Frau dafür sorgen, daß sie bei einem Arztbesuch keine rote Farbe mehr an den Händen hat. Mit der Zeit hat sie sich Henna abgewöhnt, und auch die Arzthelferinnen schrecken nicht mehr davor zurück, wenn es noch eine Frau verwendet.

Europäische Damenmäntel, einer Bekleidung von Pfarrern ähnlich, waren für unsere Frauen anfangs befremdlich. Heute trägt ihn jede, ohne daß es ein Thema ist. Das Hauptproblem sind aber nicht die Erwachsenen, sondern ist die Jugend.

Die falsche Integration

ZUM EINFLUSS DER SCHULAUSBILDUNG, die die Kinder auf ein bestimmtes Niveau hebt, kommt noch die Wirkung zahlreicher Initiativen hinzu, die sich heute Kinder- und Jugendproblemen widmen. Sie kümmern sich darum, die Kinder und Jugendlichen wenigstens von der Straße zu holen, sie von Kriminalität fernzuhalten und ihnen die Integration in die deutsche Gesellschaft zu erleichtern. Ihnen werden Hausaufgabenbetreuung, Beratungen bei Problemen, andere Aktivitäten, Straßenfeste, Clubs, Pädagogen, Psychiater, Kinderheime, Therapien usw. zur Verfügung gestellt. All das hatten die Kinder in den fünfziger Jahren nicht gehabt. Je mehr man sich um sie kümmern will, desto mehr ruinieren sie sich.

Da bleibt die Frage, die man sich stellt: Wie ist es dazu gekommen? Über die Jugendlichen spricht man im Zuge von Arbeitsmarktverschlechterung, über Kinder von 7 bis 16 im Zusammenhang mit schlechter Erziehung, was am meisten die Eltern zu verantworten hätten. Ich schäme mich, hier die Statistik marokkanischer Kinder, die mindestens einmal durch Kriminalität auffällig wurden, abzuschätzen. Ihre Eltern sind im Atlas- oder Rifgebirge als Bauern aufgewachsen. Bei ihnen ist Kriminalität eine Seltenheit. Ihre Lehrer, Verwandten, Nachbarn und Bekannten hatten sich daran beteiligt, sie berberisch zu erziehen. Sie standen stets unter Aufsicht und hatten keine Gelegenheit, sich zu ruinieren. Als Eltern müssen sie auch in ihrem Aufenthaltsland versucht haben, die Kinder zu erziehen, und zwar auf ihre Weise. Trotz all dieser Bemühungen ist eine Fruchtlosigkeit zu spüren. Die Verursacher sind natürlich nicht die Kinder. In erster Linie sind entweder die Eltern oder die Schule für ihr Verderben verantwortlich. Ich möchte hier keinen dritten Verursacher nennen, weil die Einflußquellen nichts direkt verantworten müssen. Anstatt daß sich beide, Eltern und Schule, einander behilflich sind, um dem Kind das Leben zu erleichtern, bekämpfen sie sich gegenseitig, indem sie dem Kind das Gehirn waschen. Jeder von ihnen möchte unbedingt das Kindesgehirn für sein Diktat sauber halten. Kein Kind kann ja und nein gleichzeitig akzeptieren.

In ihrer Jugendzeit lernten die damaligen Bauernsöhne – die heute in Deutschland ihre Kinder mit erziehen müssen –, daß auf jede Übeltat eine Strafe folgt. Heute lernen die Kinder das Gegenteil. Zu ihrer Dummheit lernen sie, daß die Minderjährigen nicht zu bestrafen sind, und wenn doch, dann müssen die Eltern für sie haften, ohne sich mit dem Kind darüber auseinandersetzen zu dürfen. Die Kinder haben alle die Telefonrufnummer 110 im Kopf, doch nicht um jemandem in Schwierigkeiten behilflich zu sein, sondern um sich gegen den Vater aufzulehnen und ihm bei kleinster Aufregung an den Hals zu springen und die Polizei zu rufen. Denn diese wollte die Kinder ja vor „herzlosen" Eltern beschützen und sich rund um die Uhr „für Kinder" einsetzen. Mehrere marokkanische Kinder hatten mich zu verschiedenen Zeitpunkten angegriffen, als ich den Muttersprachlehrer in der privaten Klasse vertreten wollte. Wenn ich mit der Polizei drohte, haben sie mich nur ausgelacht und mir geklärt, daß die Polizei ausschließlich da ist, um sie zu beschützen und nicht zu bestrafen, und zwar solange sie noch minderjährig sind. Und das dauert aus ihrer Perspektive noch eine Ewigkeit.

Die Eltern sind aus der Sicht der Schule streng religiös, was heute als radikal verstanden wird, und die Schule ist für sie eine Gegnerin, die die lieben Kinder dazu ausbildet, mit ihren Eltern im Kampf zu bleiben.

Beide Parteien tasten sich gegenseitig an folgende Themen heran: Klassenfahrt, Schwimmunterricht, Kopftuch, Abschiedsfeier und Elternabend. Viele modebewußte marokkanische Kinder wollen ihre Eltern nicht zur Schule mitnehmen, weil diese sich komisch anziehen oder nur sehr schlecht deutsch sprechen können.

Der größte Konflikt zwischen den Eltern und der Schule dreht sich um die Mädchenrechte. Die Schule fühlt sich verpflichtet, sich für die scheinbar von ihrem Vater unterdrückte Schülerin einzusetzen. Und die Eltern sind sich darüber im klaren, daß sie allein die Verantwortung über ihre Kinder tragen müssen. Meistens vergessen beide Seiten wohl, daß sie nur durch Zusammenarbeit das Problem lösen können. Hier handelt es sich um ein absolutes Mißverständnis. Jeder sollte von den anderen etwas lernen, dann werden sie sich sicherlich leicht einigen.

Ein Mädchen ist in der islamischen Welt bereits mit 13 Jahren eine Erwachsene. Und ab diesem Alter wächst schon die Gefahr. Das marokkanische Mädchen ist mehr von den Eltern abhängig als von der Schule. Meine Tochter ist zum Beispiel 16 Jahre alt. In diesem Alter hat der Verstand wenig Chancen, das Gefühl und die große Neugier zu besiegen. Und das führt dazu, daß sie die Liebe probieren will, von der die Schulkameraden dauernd erzählen. Und das ist in Deutschland keine Schande. Ich kann es mir nicht erlauben, meine Tochter schwanger werden zu lassen, bevor sie verheiratet ist, solange ich eine marokkanische Identität trage, und darin steckt mein Stolz. Um der Schande keine Chance zu geben, soll sie wenigstens nicht außerhalb des Elternhauses übernachten. Den Unterschied zwischen einem deutschen und einem marokkanischen Mädchen hatte ich schon erklärt. Ich brauche es hier nicht zu wiederholen. Eine Garantie vor solchen Gefahren kann keiner geben, weil die wirklichen Dinge anders laufen.

Die Spannung entsteht nicht nur zwischen den Eltern und der Schule, sondern auch zwischen deutschen und ausländischen Schülern. Und daran trägt – meiner Ansicht nach – die Schule allein die Schuld. Sie sprach nämlich in den 70er und 80er Jahren viel über iranische oder irakische islamische Fundamentalisten, da das Wort „fundamental" durch Mißdeutung später zu „radikal" verengt wurde. Es gibt nämlich viele Begriffe, die am Anfang für Stolz, Ehre, Ehrlichkeit und die sauberen Ehrensachen standen. Im Laufe der Zeit und um sich zu bereichern, versuchen immer wieder entweder die falschen Personen, ihre Absichten mit schönen Wörtern zu verschleiern, oder die Gegner, das wahre Bild in einen anderen Rahmen zu setzen und hinter einer falschen Scheibe zu verzieren. Zu den Wörtern, die ihre wahre Bedeutung fast verloren haben und nur noch in den Mülleimer gehören, zählen zum Beispiel: „Politik", „Weib", „Massagestudio", „Fotomodel", „Mannequin", „Mission", „Dschihad", „UNO", „Fundamentalist", „Demokratie", „Ausländer", „streng religiös". Mit anderen Worten: Alle Wörter, die beim Hören das Gegenteil dessen nahebringen, was sie eigentlich bedeuten, die uns beleidigen, statt uns zu loben, oder uns bedrohen, statt uns zu beruhigen, sind mißbraucht worden. Ich will damit sagen, daß man mit dem Wort „Fundamentalist" das Gegenteil zu ihm benennt und es den falschen Leute verleiht. Und das ist ein Durcheinander für die Schüler, die noch in der Ausbildung sind.

Die Vertreter des Islam in Deutschland waren und sind noch die Türken, und danach kommen die Marokkaner, die in dieser Hinsicht allgemein für die Araber und sogar für die ganze Islamwelt von Khartum bis Teheran stehen, ja haften müssen.

Diese moslemischen Schüler saßen mit Deutschen in derselben Klasse, Schulter an Schulter. Man hat nicht versucht, die hier lebenden Moslems von den dortigen oder damaligen zu unterscheiden. Man hat sie verstehen lassen, daß es unmöglich sei, mit Moslems in Frieden zusammenzuleben. Doch die ehemaligen dreizehnjährigen Schüler sind heute dreißigjährige Männer geworden, die von ihrem gesamten Schulwissen entsprechenden Gebrauch machen müssen. Als Begründung wurde gesagt: „Die Moslems sind nicht tolerant und haben keine Lust, sich in die Gesellschaft zu integrieren." So etwas wird gesagt.

Gedacht wird wahrscheinlich etwas anderes: „Lieber Distanz halten, als mit einer islamisch geprägten Sekte in Berührung zu kommen.“ Es ist auf jeden Fall falsch, von Klaus zu verlangen, sich mit einer fremden Kultur vertraut zu machen und die ganzen traditionellen Gewohnheiten nachzuahmen, wenn er es nicht möchte. Genau so schlecht wäre es, von Ahmed zu verlangen, seine Identität aufs Spiel zu setzen. Die Schule hätte es damals anders machen können, dann wäre heute das Ergebnis viel besser.

Die marokkanischen Schulen hatten sich schon seit etwa vierzig Jahren darum bekümmert, beide Kulturen miteinander zu harmonisieren und sich gegenseitig ergänzen zu lassen. Die Lehrbücher konnten viel dazu beitragen. Ein Text beschreibt zum Beispiel, wie Fatima und Carmen blinde Kuh spielen. In einem anderen Text heißt es, daß Michael und Ahmed ein Fahrrad reparieren. Da sind Feindschaft und Haß gegenseitiger Achtung und Freundschaft gewichen.

Die bittere Tatsache

Wir Marokkaner haben es in Deutschland nicht nur mit dem Problem der Kinder schwer, sondern auch mit uns selber. Viele von uns befanden sich für etliche Jahre im großen Dschihad. Ich habe in den Kapiteln *Der schadende Stolz* und *Sexuelle Freizügigkeit* über die Distanz zu Frauen berichtet. In Marokko schämt man sich, in der Öffentlichkeit mit einer Frau in Berührung zu kommen, sogar wenn es die eigene Frau ist. Wollte man doch davon abweichen, dann findet man kein Motiv, außer im Verborgenen. Hier in Europa gilt fast das Gegenteil. Viele alleinstehende deutsche Männer, die aus dem einen oder anderen Grund mit keiner Frau leben wollen oder können, schämen sich, dauernd ohne Frau spazieren zu gehen. Sie nehmen stundenweise eine nette Frau, eine Prostituierte, und lassen sich mit ihr in der Öffentlichkeit sehen, um ihre Männlichkeit zu zeigen. Kneipen, Schwimmbäder, FKK, Fernsehsendungen über Sex, Videothek und im Sommer leicht bekleidete schöne Frauen, all dies hat uns marokkanische Väter zu achtzig Prozent vom Charakterzentrum zur Kante des Lebensfeldes hingerissen. Ich mußte zwölf Jahre lang in Deutschland von meiner Familie getrennt leben, weil ich sie selber ernähren mußte und nicht bei ihr sein konnte. In diesem Zeitraum habe ich erlebt, wie unerträglich es ist, an heißen Sommertagen die nackten achtzehnjährigen Mädchen – auch ohne BH – in der Öffentlichkeit auf der Düsseldorfer Königsallee zu sehen. Die Firma wollte durch sie Publikum anlocken, um mehr Geld zu machen.

Die Mädchen haben sicher nicht das ganze Durcheinander mitgekriegt und konnten auch Ausländerinnen gewesen sein, die ihre Freiheit in Deutschland genießen wollten, sich so anzuziehen, wie es ihnen gefällt, und dazu noch Geld zu verdienen. Vielleicht um ihre Kinder zu ernähren. – Das war sicherlich für alle getrennt lebenden Männer eine angenehme Kreislaufstörung. Außerdem gab es sehr wenig Hilfe, die uns Moslems von den Sünden fernhalten konnte. Zum Beispiel Gebetsrufe (*Adhan*), Moscheegebäude oder Minarette, die Gottesehrfurcht symbolisieren, Schleier, die die Anziehungskraft reduzieren, oder die Norm, durch die man sich, außer im Verborgenen, kritisch beobachtet fühlt. Daher haben die meisten von uns gesündigt, sind auf Abenteuer gegangen. Marokkaner sind in dieser Hinsicht auch normale Menschen, und so kommen die Sünden bei ihnen leicht vor. Der Unterschied dabei ist, daß sie es mit einem Mischgefühl tun und es irgendwann später bereuen. Hier müssen auch die Grenzen irgendwo gesetzt werden, da wir Menschen sowieso am Rande des Verderbens stehen und trotzdem nach immer mehr verlangen. Jede aktuelle Sünde braucht nur einige Zeit, dann sieht sie jeder als normales Ereignis an, das zu unserem Leben gehört, dann streben wir erneut noch schlimmere Seltenheiten an. Es gibt eine ganze Reihe von Sünden, die in der Zukunft geboten sein werden, worüber wir heute noch den Kopf schütteln: Die Homosexualität gab es zu jeder Zeit. Gesetzlich war das in der Vergangenheit aber verboten. Heute ist es erlaubt und zum Teil organisiert. Sie haben aber in der Zukunft noch viele Rechte zu verlangen: mehr Freiheit, mehr Anerkennung, mehr Respekt und das Erbrecht. Die Möglichkeit, die es heute noch nicht gibt, ist zum Beispiel, daß der Sohn seinen gut gebauten, jung gebliebenen Vater juristisch heiraten würde. Und von dort, der Zukunft, rückblickend werden sie über uns Affenmenschen von 1999 lachen.

Das sind die Normen, die so etwas im Laufe der Zeit bestimmen. Als religiöser Mensch muß ich dazu glauben, daß es einen sogenannten Satan gibt, der in der Blutbahn jedes Menschen fließt. Von dort beeinflußt er uns, in dem, was wir gegen unsere Menschlichkeit machen sollen. Diese Feindschaft begann schon bei Adam, Friede sei mit ihm.

Die religiösen Hochgelehrten sind über die Zukunftserwartungen uneinig. Eine Gruppe ist sehr optimistisch und wartet schon darauf, daß sich die Menschheit auf der spirituellen Ebene wieder einigt, und da soll der Satan keine Chance mehr haben, die Menschheit zu beeinflussen. Diese Leute werden gar nicht als klein angesehen, besonders im Islam.

Eine andere Gruppe ist dagegen. Sie glauben, daß die Menschheit sich immer noch der Schlucht nähert und unmittelbar vor dem Sturz in den Abgrund steht, den nur ein paar Einzelne überleben werden. Die Ursachen sind heute schon vorhanden. Wäre das Leben der Erde bis zum Weltuntergang in 24 Teile geteilt, wie ein Tag 24 Stunden hat, und mit Finsternis und Licht versehen, dann hätten wir heute 23.59 Uhr, da es wieder am dunkelsten ist. Jene Leute, die das behaupten, sind auch sehr geachtet, besonders im Islam. Die Schwierigkeit für beide Parteien steckt darin, daß der verborgene Zeitpunkt des Weltuntergangs sich nicht nach Jahren oder Tagen abschätzen läßt, sondern nach bereits eingetroffenen Ereignissen der Prophezeiungen. Die Reihenfolge der restlichen erwarteten Prophezeiungen läßt sich nur sehr schwer einschätzen, außer von den seelischen Menschen, die es nur unklar verraten dürfen. Die Stunde ist sehr nah. Aber keiner weiß wann, außer Gott.

Allah sagt in seinem Buch: *„Sie fragen dich (Mohammad) wegen der Stunde: ‚Wann kommt sie wohl?' Doch was hast du mit ihrer Verkündung zu schaffen?*

Das endgültige Wissen darum ist allein deinem Herrn (vorbehalten). Du bist nur ein Warner für den, der sie fürchtet. Am Tag, an dem sie sie schauen, (da wird es sein) als hätten sie (in der Welt) nicht länger geweilt als einen Abend oder den Morgen darauf." (Sure 79, Vers 43-47)

Dialog, was ist das?

MEIN MEISTER, das Oberhaupt meiner Tariqat, des Ordens, erlaubte mir, nach sogenannten „Dialogen" in Deutschland zu suchen. Schon im Jahre 1984 nahm ich zum erstenmal an einem Dialog zwischen Christen und Moslems teil. Vom Christentum hatte ich damals sehr wenig Ahnung. Als marokkanischer Mühlenarbeiter konnte ich mit den Akademikern nichts anfangen. „Was wollen diese älteren Leute beieinander?" fragte ich mich. Ein türkischer Bruder wollte als Vereinsvertreter zu Wort kommen, der besser deutsch konnte als ich. Dann mußte er den Akademikern einige kritische Fragen beantworten. „Ist das hier ein Gespräch oder ein Kampf?" fragte ich mich, „was kann daraus hervorgehen?" Man sprach von der Eröffnung islamischer Gebetsräume in Hinterhöfen, wo der Vermieter beim Besuch seines zur Moschee gewordenen Betriebes vor der Tür seine Schuhe ausziehen muß, aber auch von Ängsten und Widerständen der Bevölkerung.

Wir brauchten einen Raum

Einige marokkanische Arbeitnehmer konnten in den achtziger Jahren unter dem Namen „Les Amis de l'Islam" – das war eigentlich nichts anderes als eine Bezeichnung für einen Sufiorden – in Düsseldorf einen Verein für Deutschland gründen, dem ich als Mitglied beitrat. Sie dachten an die Zukunft und wollten dementsprechend handeln. Vor allem in der Kindererziehung. Ohne menschliche Erziehung bilden sich die Kinder anders. Für solche Initiativen benötigten wir vor allem Räumlichkeiten. Die Vermieter, die nichts gegen einen unbekannten ausländischen Verein hatten, waren kaum zu finden, und wenn doch, dann mußte der Ort erst genehmigt werden: vom Ordnungsamt, vom Gesundheitsamt, vom Aufsichtsamt, vom Straßenverkehrsamt, ob genügend Parkplätze und Notausgänge vorhanden sind, ob sich die Mitglieder leise verhalten, damit sich kein Nachbar über sie beschweren kann, und die Zahl der Mitglieder mußte wegen der Belastung der Etage auch begrenzt sein.

So eine Räumlichkeit von privat zu bekommen, war schwer. Das könnte leichter vom Staat zu bekommen sein. Wer sollte dafür zuständig sein? Eines der oben genannten Ämter? Oder? Schließlich gingen wir termingemäß zu einem Ausländersozialdienst. Nachdem uns die Dame ausgefragt hatte und mit der Aufnahme aller Daten fertig war und nachdem sie unsere Bereitschaft wahrgenommen hatte, bis zu 1400 Mark monatlich zu bezahlen, ließ sie uns auf eine Rückmeldung warten, in der sie uns die nächste Möglichkeit vorschlagen würde. Das hat sich leider etwas lange verzögert, nämlich von 1984 bis heute, 1999. Der Verein existiert heute noch immer, aber nicht mehr in Düsseldorf. Damals hatten wir vor, unsere etwa vierzig Kinder islamisch zu erziehen und dialogfähig auszustatten. Da keine Räumlichkeiten vorhanden waren, war dies auch nicht möglich, und ohne Bildung kann kein Dialog geführt werden.

Dialog ist schon richtig, die Frage lautet nur: wer mit wem? Zunächst muß ein Informationsaustausch mit Menschen verschiedener Meinungen oder verschiedener Religionen stattfinden, so daß die damit verbundenen Vorteile oder Nachteile klarer zu erkennen sind, dann kann man versuchen, die restlichen Probleme mit dem Dialogpartner gemeinsam zu lösen. Oder einfach geben und empfangen. Man kann nur geben, was man hat, und will nur empfangen, was man braucht. Ich, als marokkanischer Bauer, kann über iranische Probleme keine Auskunft geben, wohl aber über meine Probleme. Deine Probleme mit mir kann ich leicht verstehen. Es ist möglich, daß du durch mich auf eine Art und Weise vernachlässigt worden bist. Darüber kannst du mit mir reden, und zwar über dich und mich. Für dich springt mit Sicherheit etwas bei dem Dialog heraus, weil du Akademiker dafür ausgebildet bist, vielleicht sogar dafür bezahlt wirst, aber mich, Bauern, kostet es Nerven, weil ich deine politischen Begriffe kaum verstehen kann. Sinnvoll wäre es, wenn ich über meine Kultur zu Hause oder den Islam gefragt würde, nicht zum Beispiel über Teheran. Dafür sind Iraner zuständig. Das geschieht öfters: entweder steht das falsche Thema auf dem Programm, oder es werden dazu die falschen Personen eingeladen.

Neben dem Niveauunterschied stellen sich dem Marokkaner noch andere Dialogschwierigkeiten entgegen: Die traditionellen Gepflogenheiten sind für beide Parteien sehr unterschiedlich. Hier einige Beispiele: Die meisten sind Analphabeten, zumindest in Lateinisch. Wir zeigen mit dem Zeigefinger auf eine geehrte Person, und das ist gar nicht unhöflich. Wir sprechen bei normalen Gesprächen zu laut, und das stört die anderen ein wenig. Wir dürfen laut niesen oder rülpsen. In manchen arabischen Ländern soll man sogar rülpsen, wenn man Gast ist, um dem Gastgeber zu zeigen, daß man sich am gut schmeckenden

Essen satt gegessen hat. Sollte der Gastgeber das Essen serviert haben, dann haben die Gäste auf nichts mehr zu warten. Weder auf ein Kommando noch auf jemanden. Es ist unhöflich, wenn wir das Essen noch warten lassen. Die meisten sehen es nicht nur als Nahrung, sondern auch gleichzeitig als Heilmittel. Wir sehen manchmal, daß von dem, was in Deutschland zur Bildung gehört, in Marokko das Gegenteil für richtig gehalten wird. Die beteiligten Marokkaner sprechen aus mehreren Gründen miteinander marokkanisch, und dabei fallen sie den anderen ins Wort, ohne abzuschätzen, wie unangenehm das sein kann. Ein Marokkaner darf in der Öffentlichkeit nicht furzen, auch nicht auf der Baustelle. Die Marokkaner aus Nador stellen niemandem ihre Frauen vor. Wenn doch, dann ausschließlich einem Nichtmarokkaner.

Auch die Körpersprache weicht den Kulturen entsprechend unterschiedlich ab. Zum Beispiel das Abwinkeln der gesamten Hand von oben nach unten heißt: „komm hierher" und nicht „ach Quatsch". Um „Hälfte" zu zeigen, teilt man den Zeigefinger mit dem anderen Zeigefinger durch zwei. Um „eins" zu zeigen, streckt man den Zeigefinger nach oben und nicht den Daumen. Für das „Reiten" ahmt man die Vorderbeine des Pferdes mit Zeigefinger und Mittelfinger nach und nicht die Körperhaltung des Reiters, was vielleicht auf Sex deutet. Bei „der ist wohl bescheuert" zeigt man mit der Zeigefingerspitze auf die rechte Seite der Stirn und hält nicht die Hand vor die Augen. Und in dieser Richtung kann es endlos weitergehen.

Zusammen zu essen gehört zum Dialogprogramm. Und viele von uns haben es noch nicht gelernt, mit einem Besteck zu essen, weil sie es für unnötig halten.

Für unsere Frauen ist eine Beteiligung am Dialog noch schwerer. Zu den erwähnten Punkten kommen andere Hindernisse hinzu. Hier einige Beispiele: Die Frauen sollen als Fremde hinter dem Mann gehen, und das machen sie gerne. Sie ziehen sich weder marokkanisch noch deutsch an. Eine unabhängige

Form dazwischen ist erfunden. Im Saal würden sie ihre langen Mäntel nicht ablegen. Und wenn man zu ihnen höflich sein wollte und auf die Garderobe aufmerksam machen würde, fühlen sie sich belästigt. Sie haben viele Kinder, und darüber darf sich niemand wundern. Eine echte Beduinin hat stets Henna auf ihren Händen. Und sie wird lieber auf einen komplizierten Dialog verzichten als auf Henna. Sie haben es einige Seiten vorher gelesen, und daher muß man wissen, daß eine Beteiligung solcher Beduinen sehr begrenzt sein muß. Also die in Europa lebenden zivilisierten Marokkanerinnen sollten diese zurückhaltenden Landesfrauen vertreten – da die Beduinen die absolute Mehrheit der Marokkanerinnen in Europa bilden – und nicht die modernen. Indem sie sie wenigstens in ihrer Kleidung nachahmen. Kopftuch kann genügen. Anderenfalls würden sich diese Familien von den Vertreterinnen selbst distanzieren. Die modernen Frauen sind innerhalb Marokkos zu suchen und kaum in Deutschland.

Mit dem Dialog habe ich persönlich aber interessante Erfahrungen gemacht. Ich hatte mich im Zeitraum der Jahre 1975 bis 89 aktiv mit Sufismus im Islam beschäftigt. Zu den Aufgaben gehört unter anderem das Gespräch mit anderen. Die islamische Ordensgemeinschaft *Alaouiya* aus Nordafrika mit dem Zentrum in Algerien, Mustaganem, in der ich den „Anschluß“ genommen hatte, hatte im Jahre 1947 – als Algerien noch von französischer Herrschaft kontrolliert war – einen Verein mit Namen „Les Amis de l'Islam“, „Freunde des Islam“, in Mustaganem gegründet. Nach der algerischen Unabhängigkeit siedelten viele Algerier nach Frankreich aus, die der Alaouiya angehören. Unter ihnen war der Sohn des damaligen Ordensmeisters – auf arabisch: *Scheikh* –, der später eine Französin geheiratet und mit ihr Kinder bekommen hatte. Diese Algerier haben unter Beteiligung vieler Ordensangehöriger aus Nordmarokko „*Les Amis de l'Islam e. V.*“ in Frankreich mit Hauptsitz in Drancy bei Paris gegründet, dann wurden Niederlassungen in anderen europäischen Ländern eingerichtet: Spanien, Schweiz, Belgien, Holland und Deutschland, Düsseldorf. 1984 wurde ich vom Scheich und Vereinspräsidenten, der sich überwiegend in Frankreich aufhält, zum Stellvertreter für Deutschland ernannt. Die Mitglieder in Düsseldorf waren überwiegend Marokkaner, wenige Deutsche und ein paar Franzosen. Zu den Aufgaben gehörte auch der Dialog. Durch Begegnungen mit anderen wurden wir als Mitglieder in nachstehende Vereine oder Verbände aufgenommen: Christlich Islamische Gesellschaft e.V., Islam-Archiv Deutschland e.V., Islamrat Deutschland e.V. und Muslemischer Pfadfinderbund Deutschland. Durch diese Gruppierungen wurde Les Amis de l'Islam e. V., in Wirklichkeit eine Sufi-Tariqat, an verschiedenen Universitäten, bei Akademikern, in Kirchen, Klöstern usw. bekannt. Ich gehörte zu dem Team für den Dialog in Deutschland. Ich konnte mich bei den meisten Begegnungen kommentarlos mit der Melodie eines Sufigedichts beteiligen. Bei dem Dialog konnte ich meine Person durch die Augen der anderen besser betrachten. Dadurch konnte ich natürlich meine Fehler leicht erkennen. Die Christen erschienen nun in einem besseren Licht. Herrlich dabei ist, daß man viele Gemeinsamkeiten zwischen Christen und Moslems entdecken kann. Vor allem den gemeinsamen, einzigen Gott mit fast denselben Merkmalen. Außerdem gibt es viele Überraschungen wie zum Beispiel, daß Schweinefleisch und Blut auch nach dem Bibeltext nicht gegessen werden sollen. Man hört dabei öfters das Wort „wir" und meint damit die Leute der drei Abrahams-Religionen als Minderheit unter den restlichen Nichtreligiösen. Sie glauben daran, daß sie nur gemeinsam stark sein können.

Bruder Abdullah Charnet, ein französischer Alaouiya-Angehöriger, der in den achtziger Jahren in Mönchengladbach gelebt hatte, konnte im Namen der Alaouiya-Tariqat mit vielen religiösen Einrichtungen zusammenarbeiten, vor allem mit Bruder Mohammad Salim Abdullah, dem Leiter des Islamarchivs

Deutschland in Soest. Bruder Salim hatte damals einen längeren Bericht über uns Mystiker in verschiedenen Zeitschriften von Moslimen und Christen veröffentlicht.

Im selben Jahr lernten wir Scheich Aḥmad Bashīr Dultz, nicht als Vorsitzenden der „Deutschen Muslimliga e. V. Bonn", sondern als echten Darwisch der Alaouiya-Tariqat kennen. Die brüderliche Beziehung besteht heute noch. Scheich Bashīr hat mich dazu ermuntert, dieses Buch zu schreiben, nachdem ich durch ihn in den achtziger Jahren einen Vortrag in Bendorf bei Koblenz bei der JCM-Woche trotz Sprachschwierigkeiten halten durfte.

Ich werde hin und wieder gefragt: „Was ist bei dem ganzen Dialog rausgesprungen?" Ich sage: Rausgesprungen ist nichts, außer ein paar Freunden, die den anderen Religionen angehören und die man gewonnen hat. Aber was dadurch zum Stillstand gebracht oder was dadurch verhindert wurde, kann viel sein. Er kann viele Feindschaften gelöscht haben. Er kann vielleicht ein paar Mordfälle verhindert haben. Er hat mit Sicherheit die Medien dazu gebracht, andere Sprachen zu lernen. Die Krankheiten, die zum Beispiel durch Vorbeugung nicht haben ausbrechen können, sieht man nicht, weil sie eben nicht geschehen sind. Denke mal!

Alaouiya – Darwische

FÜR DIE ALAOUIYA-Angehörigen ist zur Zeit Bart und Kleiderart unwichtig. Im Jahre 1975 lernte ich sie in Dortmund kennen, und im selben Jahr bekam ich von ihnen trotz meiner schulterlangen Haare und sehr engen Lederjacke die Erlaubnis, einer von ihnen zu werden. Sie sind stärker organisiert als Moscheemoslems. Jeder Treff muß von einem geleitet werden, der mehr Erfahrung hat. Ihren Gebetsraum nennt sich *Saouia* (mit stimmhaftem s). Sie beteiligen sich aber auch wie normale Moslems an die Moscheen. Von der Wohnung bis zur Saouia war noch jeder *Fakir* oder *Darwisch* unauffällig angezogen. In der Saouia zieht sich jeder um und legt lange weiße Kleidung an. Vor dem *Dhikr*-Beginn hat sich jeder noch mit den Kameraden zu unterhalten.

In der Saouia gibt es weder Stühle noch Tische. Sie setzen sich zum Dhikr in einen Kreis. Der Leiter, *Mukaddim*, nimmt seinen Platz mit dem Gesicht zur Tür auf einem Sonderteppich ein. Der Kreis kann sich dem Raum entsprechend bis zu einer bestimmten Größe erweitern. Dann bilden die restlichen Personen Reihe für Reihe dahinter. Eine bestimmte Zahl von fortgeschrittenen *Fukara* (Mehrzahl von *fakir*) besetzt Plätze an der Vorderseite, die sie den eventuell noch kommenden geehrten Gästen überlassen würden.

Der Mukaddim leitet den Dhikr wortlos. Es genügt, unauffällig zu dem Fakir hinzuschauen, und der Fakir reagiert. Jeder kennt seine Aufgabe. Ein Fakir ist beauftragt, den Kreis zu ordnen und bei Bedarf den Platz zu tauschen. Nach dem Dhikrbeginn darf keiner mehr seinen Platz verlassen oder hin und her schauen. Die Singer sitzen nicht neben dem Leiter, sondern ihm gegenüber, so daß die Anweisungen durch kurze Signale leicht bemerkt werden können. Sie können viele Texte ohne Buch singen, aber ein Gesangbuch (*diwam*) ist stets dabei. Pfefferminztee darf während des Dhikrs serviert werden, aber doch nicht, wenn einer predigt. Man darf dabei die Zuhörer absolut nicht stören. Die Gläser werden so lange in den Händen gehalten, bis sie wieder eingesammelt werden. Einer ist für den Tee zuständig. Er gibt dem Mukaddim ein Signal über den fertigen Tee. Der Mukaddim braucht nur einmal kurz mit dem Kopf zu nicken, und schon ist der Tee serviert.

Es kommt ungeplant vor, daß sie sitzend *Hadhrah* machen oder dabei stehen und sogar ununterbrochen stundenlang tanzen. Eine normale Hadhrah dauert eine bis drei Stunden ohne Unterbrechung. Sollen die Kinder dabeisein, dann stellt man sie reihenweise in den Hadhrahkreis. Für Männer gibt es keine

Instrumente. Bei Frauen toleriert man etwa Trommeln. Sollten die Frauen sich im selben Raum an dem Dhikr beteiligen, dann besetzen sie einen Flügel und mischen sich nicht unter die Männer. Zum Schluß grüßt man sich, indem jeder seinen Bruder von vorne auf die rechte Schulter leicht küßt. Um Durcheinander dabei zu vermeiden, beginnt der erste beim Scheich oder, wenn er körperlich abwesend ist (geistig ist er sowieso stets anwesend), beim Mukaddim und stellt sich direkt rechts neben ihn, dann ist für jeden weiteren der Mukaddim der Anfang, und die rechte Seite seines vorangegangenen Bruders ist dann das Ende. Es reicht aber, wenn man sich in diese Richtung beugt.

Was muß ein Dhikr beinhalten

KORAN: SURE 36, *Al-Waaqi ah*, Gebet für den Propheten Mohammad, dann einen Vers aus dem Koran mit folgendem Text: „*Und was ihr an Gutem für eure Seelen vorausschicket, ihr werdet es bei Allah finden; es wird besser und größer sein an Lohn. Und bittet Allah um Verzeihung. Wahrlich, Allah ist allverzeihend, barmherzig*" (Ende der Sure 73).

Die Fukara nennen diese Verse „Wirdschlüssel". Dann wiederholen sie hundertmal das Wort „Ich bitte Allah um Verzeihung" – auf arabisch: *astagfirullah*. Über diesen Satz kann man ein paar Seiten schreiben, vielleicht sogar ein paar Bücher. Man reinigt sich hiermit innerlich, um den restlichen Segen klarer zu empfangen.

Der zweite Schlüssel ist ebenso ein Koranvers. Er lautet ungefähr: Allah sendet Segnungen auf den Propheten, und Seine Engel bitten für ihn. O ihr, die ihr glaubt, bittet (auch) für ihn und wünschet ihm Frieden mit aller Ehrerbietung" (Sure 33, Vers 57). Dann wird der folgende Satz hundertmal wiederholt:

„*O Allah, sende Deine Segnung auf unseren Herren Mohammad, Deinen Diener und Deinen Gesandten, den Analphabeten Propheten, ebenso auf seine*

Familie und seine Gefährten, und gib ihm Frieden." Darüber kann man auch endlos reden.

Der dritte Schlüssel lautet ungefähr: „*Allah bezeugt in Wahrung der Gerechtigkeit, daß kein Gott existiert außer Ihm. Ebenso die Engel und jene, die Wissen besitzen. Kein Gott existiert außer Ihm, dem Allmächtigen, dem Allwissenden. Wahrlich, die Religion vor Allah ist Islam*" (Sure 3, Vers 19).

Dann wird der nachstehende Satz hundertmal wiederholt: „*Kein Gott existiert außer Allah allein, ohne Teilhaber, Ihm allein gehört die Herrschaft, und Ihm allein gehört aller Preis, und Er hat die Macht über alle Dinge.*"

Anschließend Sure 112 dreimal. All diesem muß jeder Fakir, auch wenn er allein ist, morgens und abends nachkommen. Das hat Scheich Alaoui (verstorben 1934) angeordnet. Und das hat man bis heute nicht geändert. Unterstützt durch Melodien, versucht man dann, sich der göttlichen Gegenwart hinzugeben. Man beginnt in einem langsamen Rhythmus, der Schritt für Schritt schneller wird. Die meisten Brüder werden dann total hingezogen, bis sie eine klare Wahrnehmung bekommen und denken, sie wären vorher bewußtlos gewesen oder hätten geschlafen. Die Welt, oder der ganze Universum, wird von der absolute Existenz überstrahlt, daß man ausschließlich und unmittelbar Ihn, Gott, in allen Richtungen spürt und wahrnimmt.

Ich versuche hier einen Gesang von Scheich Al Alaoui ungefähr zu übertragen, ohne mich für den Text verbürgen zu können:

„*Du sollst Allah keinen Geliebten vorziehen,*
alles, was es gibt, außer Ihm, ist eine Luftspiegelung.
Ich empfehle es dir mit meinem Rat, falls du ein Verhältnis dazu hast.
Diejenigen, die Seiner gedenken, haben alles vergessen,
außer Ihm, ihrem Geliebten.
Nur die Nächsten, die keine Entfernung mehr
zwischen Ihm und sich sehen, sind es, die wirklich leben.

Vor Ihm haben sie keinen Vorhang (Schleier).
Die Paradiese sind für sie im Vergleich zu Seiner Gegenwart wertlos.
Sie sind aber vor Sehnsucht zu Ihm geschmolzen.
Sie tranken von Seinem Kelch,
so wie die Kamele nach tagelangem Durst trinken.
Der Wein nahm sie von sich weg.
Ich wünschte mir, du hättest einen Schluck von ihrem Getränk genommen
und wärest dadurch nähergekommen.
Ein Vortrefflicher ist er, der Gottesdiener, der dem Ruf geantwortet hat,
als er von uns die Anrede hörte.
Solltest du Sehnsucht nach Gott haben,
eine Suhbah mit uns ist die Bedingung,
und dann gibt es keinen Zweifel mehr."

Heiliger Krieg im Islam

Über den Krieg zu reden, ist kein Vergnügen, und ich rede auch ungern darüber, zumal andere Moslems sicher darüber genügend geschrieben haben, und wer von ihnen kein klares Bild bekommen konnte, es von mir sicher nicht erwarten kann. Wenn ich hier eine bestimmte Sicht vertrete, so versuche ich damit eher, mir selbst mein eigenes Leben durchsichtig zu machen, als jemand anderen von der Richtigkeit dieser Sicht zu überzeugen.

Die Moslems des aufblühenden Mittelalters, die Türken im Osmanischen Reich, hatten unter anderem in einer Art und Weise auch Kriege geführt, von der die meisten Islamangehörigen nicht viel wissen. Als Hilfsarbeiter, der in Deutschland zu einer Minderheit gehört, redet der Moslem nicht gerne darüber – ganz gleich, wie man die Frage über „Islamzüge" formulieren mag –, weil es mit Geschichten verbunden ist, die viel Abfall mit sich bringen. Als ein seit 27 Jahren in Deutschland lebender Araber möchte ich hier meine Meinung vertreten:

Das Wort „heilig“ bezieht sich im Koran auf Gott, den heiligen Geist, Gabriel, oder auf bestimmte Ort, zum Beispiel das geheiligte Tal, wo Moses seine Sandale ausziehen sollte (Koran: Sure 99, Vers 24, Sure 5, Vers 22 und Sure 79, Vers 17). Das Wort *„Dschihad“* bedeutet ganz allgemein eine mühsame gute Tätigkeit und nicht „Krieg“. Da aber auch Krieg mühsam ist, gehört auch er in eine Aufzählung dem Menschen schwerfallender Tätigkeiten. Der Krieg ist eine der vielen Arten des kleinen Dschihads. Den großen Dschihad hat der Prophet Mohammad, Allah segne ihn und schenke ihm Heil, ausdrücklich und klar unterschieden. Dieser große Dschihad, der ausschließlich gegen den großen Feind gerichtet werden muß, bedroht keinen Menschen mit irgendeinem Schlag, und er hinterläßt kein Verderben, keine Leichen noch Verletzte oder Blut.

Man denkt bei diesem ungeheueren Dschihad nicht an Atom- oder Chemiewaffen, weil sie wahrlich nicht gebraucht werden, ihn zu führen. Man strengt sich dabei an, „ich“ mit „du“ zu vertauschen. Dieser große Dschihad ist scheinbar still und friedlich, und deshalb will die Menschheit nicht daran glauben, daß zum Beispiel Herr Jesus einen großen Dschihad geführt hat. Es gibt andere Begriffe außer Dschihad im Koran, die auf deutsch „Krieg“ heißen, aber als heilig wurden sie nirgends bezeichnet: *„harb“*, *„kital“* oder *„maa-raka“*. Der Fehler ist, daß man das Wort „Dschihad“ auf die Bedeutung „heiliger Krieg“ eingemauert und ihm keinen Bezug zu den restlichen zahlreichen Bedeutungen offengelassen hat, ohne mich Araber, der das gefährliche Wort „Dschihad“ allein oder mit dir gemeinsam übersetzen sollte, zu fragen. Im Islam gibt es keinen heiligen Krieg, weil der Krieg nicht heilig sein kann. Wir haben vielleicht das Wort „heilig“ nur deshalb toleriert, weil wir zunächst mit der nachstehenden Bedeutung zufrieden waren: „im Einsatz sein für die Gerechtigkeit und für die Menschenrechte“. Zum Beispiel um die damaligen unterdrückten Mekkaner zu befreien.

Sollte das Wort Dschihad vielleicht von irgendeiner Kriegsführung in einem abweichenden Sinne gebraucht werden, was ich nicht einfach zugeben würde, ohne darüber zu diskutieren –, es kann nicht der Religion angelastet werden.

Das Mißverständnis steckt vielleicht darin, daß der Westen das Gegenteil darunter versteht. Vielleicht, weil er im Namen Allahs geführt wird. Ich sage dazu: „Es kommt nicht darauf an, in wessen Namen der Krieg geführt wird, sondern wofür und was der Kriegsführer damit macht! Es gibt nichts, was wahre Moslems ohne Bezug auf den Namen Allahs machen würden. Heiraten, Ackerbau betreiben, studieren und sogar Stuhlgang – allem wird im Namen Allahs nachgekommen. Ja, sogar dem Stuhlgang. Warum soll der Krieg von dieser Regel abweichen? Ich wiederhole „*bismillah*“, im Namen Allahs, hundertmal täglich, bei jeder Tätigkeit: wenn ich esse, trinke, aufstehe, mich hinsetze, Auto fahre, die Tür öffne usw. Und wenn ich einmal kämpfen muß, dann lieber im Namen Allahs und nach Seiner Weisung, nach der ich weder als Sieger noch als Besiegter Frauen vergewaltigen oder einen Menschen lebendig begraben darf, als im eigenen Namen oder im Namen eines Menschen, der andere töten will, um Alleinherrscher zu werden.

Viele Gesprächsbeteiligte haben mich wissen lassen, der verbotene Krieg sei der sogenannte „Dschihad“, der im Namen der Religion geführt wird, oder Terror: unschuldige Menschen im Verborgenen zu töten. Dem Krieg mit Panzern, Raketen und schweren Waffen, womit man Millionen unschuldiger Menschen auf einmal vernichten kann, will keiner den Terrortitel verleihen. Wenn es sein muß, dann sagt man dazu „Kriegsverbrechen“.

„Bloß nicht im Namen der Religion kämpfen!“ Ja, viele europäische Freunde gaben mir zu verstehen, daß sie mit den Arabern schlechte Erfahrungen gemacht haben. Diese Araber wären aggressiv gewesen und seien es immer noch und wollten aus ihrer Geschichte mit uns nichts bereuen. In dieser Hinsicht seien sie alle schuldig, und man brauche kein Mitleid mit ihnen zu haben. Außer den Öl-Scheichs natürlich, die ihre Sünden mit dem Öl wiedergutmachen konnten. Man hat wohl Mitleid mit ihnen und ist für sie mit Rat und Tat rund um die Uhr im Einsatz. Ich sage: Wenn das so ist, dann müssen alle Golfstaaten schuldig sein, und das sind die wahren Araber, das ist nicht Marokko. Meine Arbeitskollegen, die mich nicht besonders mochten, betitelten mich „Arrraber", wenn sie mich beleidigen wollten.

Terror ist für mich, unschuldige Menschen zu töten – das, was heute täglich rund um die Uhr auf der ganzen Welt geschieht – im Namen der Religion oder ohne sie. In Uniform oder nicht. Im geheimen oder öffentlich. Mit Richter oder ohne. Man muß nicht ausschließlich den eingebildeten Terror bekämpfen und den Rest gelten lassen. Man braucht keine große Forschung, um definieren zu können, welcher Krieg gut wäre und welcher schlecht, solange man den Angriff von der Verteidigung unterscheiden kann. Und so etwas können die Kinder im Kindergarten beantworten.

Schwer dabei zu definieren ist die Gültigkeitsdauer der Angriffe. Einer will einem Angriff widerstehen, der eventuell in tausend Jahre geschehen wird. Ein anderer tut das für den, der für morgen geplant wird. Es gibt aber viele Angriffe, die den heutigen Krieg schon gestern oder vor viertausend Jahren verursacht haben. Wo kann man den Wolf finden, der die Schafe gerissen hat? Die Menschheit – von Adam bis heute und bis zum Weltuntergang, der uns unmittelbar bevorsteht – hat dafür gesorgt, daß es auf dieser Erde keine Ruhe gibt. Überall und zu jeder Zeit, da es im Krieg auf der einen Seite um Herrschaft und der anderen um Befreiung ging, wurden die Partisanen während des Krieges als Terroristen betitelt. Erst später lesen wir dann diese Geschichten, die uns mitteilen, daß sich diese Hochkulturen selbst ruiniert haben und zugrundegegangen sind. Das geschah bei jedem Mächtigen, der ausschließlich als Angreifer gekämpft hat, erst, als er daran glaubte, es gäbe keinen Gegner, der sich ihm in den Weg stellen kann. Es geschah meistens erst, wenn sein Gegner entmachtet worden und zur Beute geworden war, und dabei vergaß der Wolf, daß er von anderen hungernden Raubtieren beobachtet wird, die mit ihm die Beute teilen oder sie ihm sogar entreißen wollen, und da fängt das Blut gerade an zu fließen, dort, wo man dachte, man habe es geschafft. Die Ursache ist meiner Meinung nach die Angst.

Stellen wir uns vor, es gebe zwei Bauern, die nichts anderes besitzen als einen gemeinsamen Acker, der sie für eine unabsehbare Zeit versorgt. Der eine ist stark und der andere schwach, und sie sind seit ihrer Jugendzeit miteinander in Streit. Sollte einer von ihnen krank werden, dann will sich der andere nicht um ihn kümmern. Nun sind beide dazu gezwungen, miteinander auf dem Bauernhof zu leben. Der Starke muß stark bleiben, um mehr als seinen Anteil von der Nahrung nehmen zu können, und muß immer wieder versuchen, den Schwachen zum Sklaven zu machen, um seine Existenz zu sichern. Seine Sicherheit steckt nur darin, daß der Teilhaber so schwach bleibt. Der Schwache denkt zunächst an nichts anderes, als ums Überleben zu kämpfen. Lieber eine halbe Portion als gar nichts. Es läßt sich leicht ausmalen, was die beiden zwangsläufig miteinander machen würden, besonders wenn sie auf dieselbe Beute angewiesen sind.

Die meisten Soldaten oder vielleicht alle Soldaten kämpfen nicht, um zu töten, sondern um zu überleben. Täten sie es nicht, dann würden sie getötet. Das ist also kein Mut, sondern Angst. Die armen unschuldigen Soldaten wünschen sich nie einen Krieg, aber da sie deswegen ihr Gehalt bekommen, haben sie kein Mitbestimmungsrecht über einen eventuellen Angriff.

Heute wollen die Menschen daran glauben, daß es doch Ausnahmefälle gibt, wo die Geschichte keine Möglichkeit hat, sich zu wiederholen. Ich bin mir nicht sicher, ob die sich nicht irren. Ja, sie wird sich nicht mehr wiederholen können, wenn die

Menschen, die die Geschichte machen, ihr das Ende bereitet haben, was sie bald machen würden.

Frau im Islam

Im Islam gibt es auch Themen, die die Menschen bis über die Wolken empor hochziehen. Über die Liebe zu Gott oder Seiner Schöpfung wird im Islam viel geredet. Da sie eine Leidenschaft ist, wird viel über sie gesungen und viel unter ihr gestöhnt. Sie hat über die arabische Sprache eine ungeheuere Gewalt. Sie ist die Braut der Sprache. Sie hat nach jedem Bezug und nach jeder Kategorie einen anderen passenden Titel: *al meil*, *al hubb*, *al ischq*, *al wudd*, *al hawa*, *al hoyaam*, *al gharam*, *al khullah* usw. Im Koran ist sie Grundlage für das gemeinsame Leben zwischen Frau und Mann. Allah sagt:

„*Und unter Seinen Zeichen ist dies, daß Er Gattinnen für euch aus euch selber erschuf, auf daß ihr Frieden in ihnen fändet, und Er hat Liebe und Zärtlichkeit zwischen euch gesetzt. Hierin sind wahrlich Zeichen für ein Volk, das nachdenkt.*“ (Sure 30, Vers 22)

Ich kann mich von der Frauenvernachlässigung nicht freisprechen, aber wohl den Islam.

Die Überschrift lautet „Frau im Islam“, und der Islam bedeutet für die Frau, daß sie darin nicht beschädigt, sondern beschützt wird. Dann bleibt noch die Situation der Frau zum Beispiel in Marokko, die wir kritisieren wollen. Die Antwort lautet: Ihr ist in all dem, was eventuell dem Islam widerspricht, unrecht getan worden. Und das hätten die Marokkaner allein zu verantworten.

Zwei oder mehrere Frauen zu heiraten, Frauenmißbrauch im Islam, Einsperrungen, Kopftücher, Schleier, Erbrecht, Aischahgeschichte usw.: Man macht uns Moslems darauf aufmerksam, daß der Islam den Stolz der Frau restlos weggeraubt hat. Die Frau im Westen sei das Vorbild für ein Ersatzrecht.

Bei Diskussionen über die „Frau im Islam" kommen Moslems oft durcheinander, weil ihr nicht muslimischer Gesprächspartner aus einer dunklen Ecke heraus mit ihnen spricht. Entweder versucht er als Christ, die zivilisierten Frauen, die mit dem Glauben nichts zu tun haben, mit einer vernachlässigten Frau aus einem islamischen Land zu vergleichen oder die Bibeln mit den Übeltaten der Islamangehörigen. Beide Methoden sind für mich falsch. Aus meiner Sicht sind weder Mann noch Frau im Diesseits tatsächlich frei. Weder in einer Religion noch außerhalb. Die Freiheit ist nirgendwo zu suchen. Da bleibt nur die Frage, die sich stellen kann: Für welchen Herrn soll ich mich als Diener entscheiden, von dem ich Hilfe und Schutz erwarten kann? Für einen der Mächtigen natürlich. Für den religiösen Menschen gibt es keinen mächtigeren Herrn als Gott. Und für nicht Religiöse einmal einen im Osten und ein anderes Mal einen im Westen, und manchmal sind es gleichzeitig mehrere Herren für denselben Diener. Die meisten von ihnen sterben, bevor sie sich endgültig für jemanden entscheiden können, weil sie immer wieder einsehen müssen, daß diese Mächte vergänglich und wankend sind. Allah sagt: „*Allah setzt ein Gleichnis: ein Mann, der mehreren Herren gehört, die unter sich im Zwiespalt sind, und ein Mann, der einem einzigen Herrn gehört. Sind sie beide einander gleich?*" (Sure 39, Vers 30)

Oder manchmal vergißt der hilflose Mensch, der nicht einmal selbständig atmen kann, daß er ein Kind Adams ist, und kommt auf die Idee, er sei sogar selber mächtig. Das ist hier die niedrigste Stufe des Verderbens, in die ein Mensch nur abstürzen kann. Zurück zur Frau im Islam!

Ärztin, Lehrerin, Bankbeamtin, Rektorin, Richterin oder ähnliches darf sie auch im Islam werden, aber Tischdamen, Ehebruch, Partnertausch, FKK haben für mich weder etwas mit Frauenrechten noch mit Freiheit zu tun, sondern allein mit Verantwortungslosigkeit, die sich Menschen im Namen der „Freiheit" erlauben. Ich würde nichts dagegen haben, wenn ein

Ehepaar einer privaten Gruppe angehören möchte, die ihre Freiheit genießen will. Ich war mit diesen Leuten auch in ein lockeres Gespräch gekommen und habe herausgefunden, daß die meisten von ihnen sich alles aus dem Kopf geschlagen haben und niemandem mehr glauben. Weder dem Pastor noch dem Imam oder der politischen Partei. Sie tun niemandem etwas, aber ihr Herz und ihr Verstand sind von dem erfüllt, was sie für richtig halten. Ich glaube, daß diese Leute nicht herauskommen würden, um meine Religion zu kritisieren. Sie leben in einer Welt, wo sie keinen Unterschied zwischen Satan und Engel machen wollen. Daher habe auch ich das Recht, mein Leben anders gestalten zu wollen.

Bei anderen Lebewesen ist noch alles in Ordnung und natürlich. Eine Ziege würde nie versuchen, die Rolle des Steinbocks zu spielen. Zwei Käfer kämpfen miteinander, um ein Weibchen zu erobern, aber die Weibchen kämpfen nie, um ein Männchen allein zu bekommen. Die Frau darf etwas anbieten, aber hinterherlaufen muß der Mann. In der Menschheitsgeschichte hat sich die Religion in den Personen der Gesandten männlich entwickelt: Nuh, Ibrahim, Dawud, Soleiman, Jaakub, Jusuf, Mosa und Haron. Insgesamt waren es 314 männliche Gesandte, und keine einzige Frau war gesandt worden, sogar Maria, die Mutter Jesu, der Friede sei mit ihr, war es nicht. Diese göttliche Entscheidung für Männer dürfen wir als Religionsangehörige nicht kritisieren. Denn Gott weiß es besser als wir. Es reicht mir als Moslem, daß eine Regel von Gott angeordnet worden ist. Ich darf nach dem Grund forschen oder fragen, aber muß es nicht, denn der Gehorsam einer Vorschrift gegenüber hängt nicht von der Begründung ab. Sara hätte nicht die Rolle Abrahams spielen wollen, weil sie es mit Sicherheit nicht überstanden hätte. Sie hätte es nicht geschafft, das Schlachtmesser in die Hand zu nehmen, um den eigenen Sohn zu opfern. Ich stelle mir vor: Ibrahim würde wiederkommen, um zum zweiten Mal zu leben. Er würde seine unschuldige Frau Hager mit dem

Kind in die Wüste bringen und sie schutzlos dort verlassen. Wie würden wir, diejenigen, die nicht in die Zukunft blicken können, ihn beurteilen? Die Frauen von Moses, David und Salomon waren würdig, ihre Männern zu unterstützen, aber die Last mußten die Männer tragen. Und das alles bedeutet nicht, die Frau sei weniger wert als der Mann. Sie ist ihm gleichwertig, jedoch ist die Rolle eines Mannes für sie nicht passend. Das ist seine Verpflichtung. Wir dürfen als religiöse Menschen die Prophetengeschichten weder kritisieren noch abweichend von dem leben, was uns die heiligen Schriften, an die wir glauben, als Vorbild darstellen. Der Mann und die Frau haben ihre Aufgabe als Vater und Mutter. Und gerade hier möchte ich die Frau bitten, sich für die Kinderversorgung zu entscheiden, denn der Vater kann nicht für sein Kind die Liebe und die Zuneigung der Mutter zwischen seinen Rippen tragen. Sie allein kann ihr Kind mit allem versorgen und mit ihrer Pflege hüten. Sie breitet die Flügel ihrer Barmherzigkeit und ihres Mitgefühl über es aus. Die beiden verständigen sich vor allem in der Herzenssprache miteinander, und das fängt schon vor der Geburt an. Die Mutter kann nichts anderes tun, als ihre ganze Zeit dem Kind zu widmen. Für das hilflose Kind will sie nachts auf den Schlaf verzichten und tagsüber die ganze Zeit auf es aufpassen. Für eine solche Aufgabe kann der Vater in dringenden Fällen auch mal einspringen. Doch wird er darauf warten, daß die Mutter ihn bald ablöst.

Ich habe über dreißig Vorträge über die „Frau im Islam" gehört. Zu den meisten von ihnen werden anschließend noch weitere kritische Fragen gestellt, die Unzufriedenheit über Frauenrechte im Islam ausdrücken. Jetzt möchten wir gerne einen Vortrag über die „Frau im Christentum" hören.

Euer „Gott“ und unser „Allah“?

Was nutzt es mir, gegen Herrn Saddam zu sein? In der Sicht der Nichtmoslems ist der Islam militant. Und wer ihn annimmt, kämpft. Die Geistlichen und Hochgelehrten haben der Menschheit zu verstehen gegeben, oder haben es zugelassen, daß es mindestens zwei unbegreifliche Mächte gibt, die sich voneinander sehr unterscheiden. Die eine heißt Gott, mit einem herrlichen Bild, Liebe, Barmherzigkeit, Gerechtigkeit, Gnade, viel Macht usw., und er sei rund um die Uhr für die Christen im Einsatz. Die andere heißt Allah, mit einem häßlichen Bild, dunkelhaarig, mit Adamsapfel am Hals und dummen Erscheinungen, Todesstrafe, Feuer, Hölle, Frauenmißbrauch, Krieg, aber weniger Macht usw., und an ihn müssen ausschließlich Moslems glauben. Auch für sie sei er rund um die Uhr im Einsatz, besonders beim heiligen Krieg, dem Dschihad. Der Schrei „*Allahu akbar*“, der vielleicht Courage gibt oder es unmöglich macht, den Feind zu verstehen, sagt uns, wie gefährlich dieser Allah sein kann, der viel Spaß daran hat, auf Schlachtfeldern dabeizusein. In dieser Hinsicht haben viele Menschen Spaß daran, zu glauben, daß Gott und Allah zwei Gegenteile sind, die sich nicht leiden können. Meine Arbeitskollegen sagten öfters zu mir im Spaß: „Allah ist drei Meter sechzig groß und hat einen Vollbart.“ Ich sage hier: „Hört auf mit ‚unser Gott‘ und ‚euer Allah‘!“ Denn Gott ist Allah, und Allah ist Gott mit demselben Bild und nichts anderes. Das Allahsbild soll nicht aus Zeitungsmeldungen über Kriege gebastelt werden, sondern es liegt in Seinen 99 Namen. Alle arabisch sprechenden Christen sagen „Allah“, und alle deutsch sprechenden Moslems dürfen „Gott“ sagen. Das überlege einmal! Im Libanon und in Syrien beten die Christen zu Gott auf arabisch, und er heißt bei ihnen Allah – erhaben sei Er. Die Bibeln auf arabisch sind mit dem

Namen Allahs übervoll. Allein auf der ersten Seite, dem Schöpfungskapitel, von Vers 1 bis 16, wurde „Allah" schon sechzehnmal wiederholt.

Ich will hier trotzdem „Allah" nicht mit „Gott" übersetzen, denn „Allah" ist der Spitzname für Gott. Wir sagen zum Beispiel: „Es gibt in Marokko keinen König außer *Hassan*. Es gibt keinen Bundeskanzler außer Herrn *Kohl*. Es gibt keinen Gott außer *Allah*. Damit sind für mich Herr Jesus oder der Pharao davon ausgeschlossen, Gottheit zu sein. Mein Gott ist Allah. Und wer ist dein Gott?

Was ist Herr Jesus für mich?

HERR JESUS, Sohn Marias – auf arabisch: Seiyiduna I'iessa bnu Mariam – ist immer noch ein Streitpunkt zwischen Christen und Moslems. Über ihn sind die Meinungen unterschiedlich. Im Dialog wird mehr über den gemeinsamen Gott geredet als über den Herrn Jesus. Da die Themen „Jesus" oder „Mohammad" mehr mit der Mission verbunden sind als mit einfacher Verständigung, sage ich hier: Die Gemeinsamkeiten über Herrn Jesus überstrahlen fast alle anderen Meinungsverschiedenheiten. Im Koran liest man über ihn: Er ist „Wort Gottes" (*kalīmatullāh*), „Geist Gottes" (*ruḥullāh*), Zeichen Gottes für die Menschheit, der reine Jüngling, und er ist Gottes Diener und Sein Gesandter. Der heilige Geist, Gabriel, hauchte in die Gebärmutter seiner Mutter Maria, die die beste Frau der Frauen aller Welten ist. (Sure 3, Vers 43; siehe auch Sure 19!) Dann ist er, nach Moses und vor Mohammad, von außerhalb der Erde als Mensch zu uns Menschen gekommen, wo er dann wieder hinging. Prophet Mohammad teilt uns mit, daß der Sohn Marias bald herabkommen und Gerechtigkeit auf der Erde herrschen lassen wird. Es ist uns Moslems bekannt, daß seine Wunder unendlich sind. Er war sogar selber ein Wunder. Wir glauben aber, daß die Wunder keinen Menschen zu Gott machen. Ich bin mir sicher, daß man über die Mißverständnisse zwischen Moslems und Christen bezüglich des Herrn Jesus jetzt leichter als früher diskutieren kann, besonders mit den Sufiten, da man viele Gemeinsamkeiten über ihn beieinander entdecken kann. Ob wir es wollen oder nicht, er wird herunterkommen und uns Menschen dazu bringen, uns wieder auf der spirituellen Ebene zu einigen. Es ist klar, daß sein Wiederkommen es den Machtbesitzern schwermachen wird, weil kein Herr seinen Titel „Herrscher“ gegen den Titel „Stürzender“ eintauschen will. Die Völker mußten sie freiwillig wählen, dann werden sie selber ihre Throne und Kanzeln am Ende freiwillig aufgeben müssen. Da würde man versuchen, ihn zu bekämpfen. Das falsche Bild von ihm kann mich selber daran hindern, ihn wiederzuerkennen. Wenn ich meine Vorstellungen über Herrn Jesus Christus weiterverfolge, dann fürchte ich, daß keiner den Herrn Jesus mehr erkennen wird, wenn er zum Beispiel zu uns als Japaner kommen würde. Ja, er kommt als König, aber Palast, Wache, luxuriöse Kleidung müssen am Anfang unsichtbar bleiben. Niemand wird wissen, wie er sich anzieht, in welchem Land er sich überwiegend aufhält, für welche Lebensform er sich entscheidet, in welcher Sprache er sich ausdrückt, was für eine Farbe seine Augen haben können und so weiter. Ich meine: Wer ihn wiedererkennen möchte, der möchte sich innerlich darauf vorbereiten, wenn nicht, dann wird man dazu gezwungen, ihn zu akzeptieren. Dabei werden sich viele von uns Kindern Abrahams sehr schämen.

Und was ist Herr Jesus für dich?

Zukunftsvision

In den ersten zehn Jahren in Deutschland dachte ich immer noch an eine endgültige Rückkehr in mein Heimatland. Dann zuletzt aber änderte sich diese Absicht. Jetzt finde ich mich an der Verzweigung, und da hat es jeder von uns schwer, zu entscheiden, ob er für immer in Deutschland bleiben möchte oder irgendwann doch von hier weg muß.

Meine Antwort darauf kann nicht klar sein: Die Abhängigkeit von zu Hause war am Anfang sehr stark. Ich war nicht nur von meinen Eltern abhängig, sondern auch von der Wasserquelle, an der ich mich damals in meine Frau verliebt hatte. Von unserer lieben Katze, unserem Hund Ballag, von der Kuh, den Kaktusbäumen, den Wohnräumen und meinen ehemaligen Freunden. All das existiert heute nicht mehr. Von ihnen sind nur noch die Erinnerungen geblieben. Unser Haus im Dorf existiert auch nicht mehr. Ich hatte nur noch meine Mutter in Marokko. Und da sie auch im Juli 1999 im Alter von 86 Jahre verstorben war, habe ich da nicht mehr viel zu suchen. Ich werde vielleicht alle paar Jahre Marokko als Tourist besuchen. In Deutschland dagegen hatte ich am Anfang nur wenig Abhängigkeiten. Jetzt habe ich die Kinder, die alle erwachsen werden wollen. Sie sind hier sozial versichert, haben ihre Arbeit, haben geheiratet und auch schon Kinder bekommen. Wenn ich nach Marokko gehen wollte, dann ganz allein, vielleicht sogar ohne Frau, was ich aber gar nicht machen würde. Aber trotzdem ist Deutschland für mich kein ruhiger Aufenthaltsort. Ich habe folgende Gründe dafür: Das Arbeitsamt hat mir kein Arbeitsrecht zugesichert. Ich habe ein Schreiben vom Arbeitsamt (hier aber als Arbeitgeber, der einen Arabischlehrer für den Verein einstellen wollte), in dem es schwarz auf weiß geschrieben steht: Deutsche haben das Recht auf Arbeit. Dann kommen die Leute aus den EG-

Ländern, dann die mit Aufenthaltsberechtigung, dann die mit einer unbefristeten Aufenthaltserlaubnis.

Als Schwarzkopf darf ich ruhig spazierengehen, solange kein neuer Saddam ausbricht. Dann werde ich wieder „Tötet die Araber!" hören müssen. Jederzeit kann es passieren, und dann habe ich unter meiner arabischen Herkunft in Deutschland viel zu leiden.

Die deutschen Firmen machen bereits Bombengeschäfte, aber die Armen und die Arbeitslosen werden trotzdem in Zukunft mit Sicherheit mehr werden. In Marokko braucht man sich um die Wirtschaft keine großen Sorgen zu machen, denn die deutschen Firmen fahren unaufgefordert dort hin und schaffen Arbeitsplätze, wodurch wir hier in Deutschland kaputtgehen müssen.

Gott hat dieses Gleichgewicht geschaffen, und keiner kann daran etwas ändern, das übersteigt sogar die Möglichkeiten der Politiker. Daher ist die Zukunft in Deutschland sehr, sehr empfindlich und veränderlich. Ich kann nichts Besseres tun, als abzuwarten. Die Möglichkeit, ein Deutscher zu werden, kann nicht viel an dem Problem ändern. Mit einem Antrag auf deutsche Staatsbürgerschaft wäre ich dann ein Marokkaner, der einen deutschen Paß besitzen möchte, aber kein Deutscher. Ich möchte hier nicht die schweizerische Geschichte erzählen, in der der Rabe seine Eier unter einen Storch legte – weil ich optimistisch bleiben will.

Früher hatte ich eine Lebensversicherung abgeschlossen und wollte damit in Deutschland eine Wohnung kaufen. Aber in der Zeit des Golfkrieges, der Solinger Ereignisse, der Rechtsradikalen und einiger heranwachsender Parteien sagte man mir, ich sei hier unerwünscht. Da mußte ich alles auflösen und an die Flugscheine denken. Ich wünschte mir, daß ich damals eine Hütte in Marokko gekauft hätte. Es kommt also nicht darauf an, wie lange ich hier bleiben will, sondern wie lange du mich hier haben möchtest.

Gott sagt: „*Er ist es* (Allah), *der euch in den Stand setzt, über Land und Meer zu reisen.*" (Koran: Sure 10, Vers 23) Gott sagt: „*Niemand weiß, was er sich morgen eintragen wird. Und niemand weiß, in welchem Land er sterben wird.*" (Sure 31 Vers 35)

Ich bin Gott dankbar, daß Er mir die Möglichkeit gegeben hat, Ihn an meiner Person wahrzunehmen und zu sehen, wie Er mich im Laufe meines Lebens ein paarmal in einen Engel, viele Male aber auch in einen Satan verwandeln ließ, so daß ich vor mir selbst erschrak. Rückwirkend kann ich nichts ungeschehen machen, wiedergutmachen aber kann ich viel. Man soll nach Möglichkeit mit guten Absichten handeln, darüber hinaus ist der Herr derjenige, der sich um alles kümmert und rund um die Uhr im Einsatz ist.

Gepriesen sei unser Herr, der Herr der Ehre und Macht. Hoch erhaben über das, was die meisten über Ihn behaupten, und Friede sei mit den Gesandten, und aller Preis gehört Allah, dem Herrn der Welten.

* *
*

Weitere Bücher aus dem Spohr Verlag

Amina Adil, GABEN DES LICHTS
Die Lebensgeschichten der Propheten von Adam bis Jesus. Kandern 1999, 720 S., Ln., ISBN 3–927606–17–0
Die Geschichte der Propheten, d. i. die Geschichte der Menschheit überhaupt, nach alten arabischen und türkischen Quellen.

Ibn Isḥāq, DAS LEBEN DES PROPHETEN. A. d. Arab. v. Gernot Rotter, Kandern 1999, 300 S., Ln., Leseband, ISBN 3–927606–22–7
Älteste Biographie Muḥammads ﷺ, der Klassiker der sīra-Literatur.

Martin Lings, MUḤAMMAD
A. d. Engl. v. Ulrike Full, Kandern 2000, 493 S., Ln., Leseb., ISBN 3–927606–24–3
Neben dem Klassiker von Ibn Isḥāq die wichtigste Biographie und das vielleicht schönste Buch über den Propheten ﷺ.

Sheikh Nāẓim, ARMAGEDDON
Der große Krieg und warum Jesus noch einmal kommen wird. Kandern 2002, 176 S., kart., ISBN 3–927606–09–x
Die Ansprachen des Sheikhs, ṣuḥbats, zu kommenden großen Ereignissen und kosmischen Umbrüchen.

Sheikh Nāẓim, GEHEIME SEHNSÜCHTE. *Sohbets 1996 in Deutschland und Großbritannien.* Adaptiert Kandern 2002, 176 S., kart., ISBN 3–927606–09–x

Fredy Bollag, DER NAME ALLAH UND DIE ZAHL 66. *Die Symbolik der Buchstaben und Zahlen als Grundlage islamischer Gottesweisheit.* 1996. 240 S., zahlr. Tab. u. Abb., 8 farb. Meditationstafeln, Ln., ISBN 3–927606–06–5

Hağar Spohr, DIE REISE NACH MEKKA. *Eine deutsche Frau erzählt von ihrer Pilgerfahrt ins Herz des Islam.* Geleitwort v. Annemarie Schimmel, 1998, 200 S., Festband, ISBN 3–927606–04–9
Der spannende Reisebericht verbindet persönliche Erlebnisse mit dem Ritus der Pilgerfahrt. Abenteuer Orient voller Fröhlichkeit und Süße.

Abū Ḥāmid al-Ghazālī
DIE KOSTBARE PERLE IM WISSEN DES JENSEITS. A. d. Arab. v. Mohamed Brugsch (1924), Kandern 2003, 112 S., kart., ISBN 3–927606–47–2
Das Meisterwerk des berühmten Gelehrten über das, was den Menschen im Jenseits erwartet, ein Wissen, das für alle lebenden Wesen von zentraler, ja existentieller Bedeutung ist.

Amina Adil, RAMADAN
Über die heiligen Monate Rajab, Sha'bān, Ramaḍān, das Fasten, das Gebet und mancherlei mehr. Kandern, 3. Aufl. 2002, 79 S., kart., ISBN 3–927606–27–8

Annemarie Schimmel
DEIN WILLE GESCHEHE
Die schönsten islamischen Gebete, 4. Aufl., Kandern 2000, 128 S., 8 Kalligraphien, kart., ISBN 3–927606–08–1

ᶜAbdullah Ḥālis Dornbrach
DIE VISIONEN DES AYNALI BABA.
Osmanische Erzählung nach Schahbenderzadeh Ahmet Hilmi. 1995, 192 S., kart., ISBN 3–927606–07–3

Sayyid Yūsuf ar-Rifā'ī
AUFRICHTIGER GUTER RAT
an unsere Brüder, die Gelehrten von Nadjd. A. d. Arab. v. Abd al-Ḥafīẓ Abu al-Khair al-Mālikī, Kandern 2001, Islam Aktuell 1, ISBN 3–927606–19–7
Grundlegende Kritik an der Ideologie der Wahhabiten.

'Abd al-Ḥafīdh Wentzel
DIE SUNNA. *Texte zum Verständnis der unverzichtbaren Bedeutung der prophetischen Traditon im Islam.* Kandern 2002, Islam Aktuell 11, ISBN 3–927606–32–4

Faridah Busemann, Aziza Gürth
DER MOND AUF MEINEM KISSEN.
Wie Nuri ein Geschichtenerzähler wurde. M. Bildern v. Bernd Hagemann, 96 S., geb., ISBN 3–927606–25–1
Für Kinder ab 7 Jahren.

SPOHR VERLAG • KANDERN